Filho da Preta!

Léo Nogueira

REFORMATÓRIO

Copyright@2014 Léo Nogueira.
Filho da Preta! - Léo Nogueira, 2014

Editores
Marcelo Nocelli
Robson Gamaliel

Revisão
Léo Nogueira
Marcelo Nocelli

Projeto Gráfico, Capa e Ilustração
Leonardo Mathias | leonardomathia0.wix.com/leonardomathias

Dados Internacionais de Catalogação na Publicação (CIP)
Bibliotecária Juliana Farias Motta CRB7- 5880

N778f Nogueira, Léo.

Filho da preta! / Léo Nogueira.
São Paulo: Editora Reformatório, 2014.
176 p. .; 14x21cm.
ISBN 978-85-66887-08-2
1.Literatura brasileira 2.Romance brasileiro. I.Título.

CDD – B-869.3

Índice para catálogo sistemático:

1.Literatura brasileira 2.Romance brasileiro..   B-869.3

Todos os direitos desta edição reservados à:

Editora Reformatório
www.reformatorio.com.br

A Kana, que tenta transcender as raças,

Élio Camalle, que tenta transcender a sua,

e Antônio Carlos, que me iniciou na arte da transcendência.

Que Deus tenha misericórdia de vossas pobres almas, meu amigo, minha pátria!

(Doutor Fausto) **Thomas Mann**

que preto, que branco, que índio o quê? [...]
somos o que somos
inclassificáveis

Arnaldo Antunes

São Paulo, 1.º de dezembro de 2004.

Cinquenta. É. Completei hoje. Uma vida. E passou tão rápido, sabe? Parece de que foi ontem deu inda ser um moleque brincando de esmagar bunda de formiga naquele Santo Antão veio. Não. Presente nenhum. A não ser de que você considere de ser presente ver a minha filha lá, estatelada, morta. Fria igual de que o banheiro onde ela morreu. Dá pra acreditar? A minha filhinha morta lá naquele banheiro frio? Coitadinha! Quando dei por mim, ela tava lá, mortinha da silva. E o pior é de que antes disso eu não lembro de nada, nadica de nada! Olhei pra ela assim, de repente, e fiquei até mais bêbado do que já tava. Acabei vomitando na privada, sem nem levantar a tampa. E olha de que se tem uma coisa de que eu não faço é mijar com a tampa abaixada. Não, senhor. E não foi mulher nenhuma de que me ensinou, não. Sempre tive isso comigo de que era falta de educação mijar de tampa abaixada. Onde já se viu? Depois você vai lá e senta pra cagar e tá tudo sujo de mijo... Só tem de que agora eu não levantei, não. Também, pô, quem há de lembrar de levantar a tampa da privada numa hora dessas? E, pra acabar de completar, inda abaixei as calças e caguei, sentando por cima do vomito e tudo. Sim, senhor. Nunca tinha feito isso em toda a minha vida. Agora tô aqui, nessa situação... E bem no dia do meu aniversário!

Minha filha? É muda. De nascença. Nunca deu nem um pio em vida. Tão sonsinha, parecia de ser quase uma retardada. Mas fazia uma comida de dar gosto, disso eu não posso negar. Era como se fosse, tipo assim, minha empregada. Sabe como é? E você veja de que ela sempre foi assim, desse jeito dela, de que nunca nem chorou. Acho de que nem aprendeu a chorar. Quer dizer, se eu disser dela nunca ter chorado, aí eu já vou tá' mentindo, de que teve uma vez dela ter chorado, mas foi só uma vez. E sem fazer barulho. Tipo assim, as lágrima caía, mas a voz não saía. Quer dizer, foi no chuveiro, mas dava pra perceber dela tá' chorando, de que ela tava sentada no chão, e ninguém toma banho sentado no chão. É ou não é? Você já viu? Eu não. Então? De maneira que ela tava chorando, mas foi só aquela vez. De maneira que uma vez não se pode considerar, né?

Ó, e você sabe de que eu fiquei ali olhando pra ela de rabo de olho, como quem não tem coragem de olhar, tanto tempo, daté perder a noção do tempo? Fiquei ali, daquele jeito, de parecer de que quem tinha morrido era eu. Mas de que ela tava com uma expressão de paz no rosto, tava. Parecia uma anjinha. Que nem a minha mãe. Quando ela nasceu, eu logo falei pra mim mesmo, "É a cara da minha mãe". A Cidinha. Se eu subesse de que minha mãe morreu, dava até pra dizer de uma ser a reencarnação da outra, de tão parecidas. Assim desse jeito, com o cabelo liso que nem cabelo de índia. A única diferença era de que minha mãe tinha os olhos negros, e essa aqui, a Maria Aparecida, tinha os olhos claros que nem os do meu pai. É. Meu pai, homem bom, trabalhador. Seu Isidoro, mesma categoria de nome do meu. Nunca mais vi o coitado desde quando me resolvi a vim pra São Paulo. Nem uma carta de dizer de como eu tava. Não, senhor. Cidade nova, vida nova, não é assim de que falam? É ou não é? É. Então? Aqui eu era branco. Aliás, era não. Sou. Branco que nem meu pai. Ninguém ia dizer nome comigo, aqui eu era o Isidoro. Depois, casei, aí virei o seu Isidoro, mas "seu Isidoro" com respeito. Diziam, "Á, o seu Isidoro motorista". É, motorista, sim senhor. Com carteira registrada e tudo. E escrito motorista na profissão. Acho até de que é a única coisa deu saber fazer direito. Bater? Não! Bater, nunca bati. Nem um arranhãozinho. Nem quando eu tava aprendendo no Corcel do meu pai. Nunquinha! Um senhor motorista. E branco!

Á! Esqueci de dizer uma coisa. Eu disse de que a única diferença entre a minha mãe e a Maria Aparecida eram os olhos, mas tinha outra. A minha mãe era negra negra, já a Maria Aparecida era meio assim cor de burro quando foge, sabe como é que é? Não sabe? Então? Uma cor meio assim meio sem saber direito de que cor que era. Nem era branca, nem preta, nem nada. Era assim meio encardida. E não era por falta de banho, não. Não, senhor. Acho de que era da personalidade dela isso de não ter uma cor definida. Se ela tivesse os olho puxado, dava até pra dizer de que era assim japonesa, ou chinesa, sei lá. Ou índia. É. De que os índios também têm os olho assim puxado, não têm? Têm ou não têm? Têm. Então? De maneira que a única diferença entre a minha mãe e a Maria Aparecida eram os olhos. Com a diferença da Maria Aparecida ter os olhos claros. E de ser muda. De nascença.

Então? Eu não vou dizer de não ter saudade da minha terra não, que eu vou tá' mentindo. Da terra da gente a gente nunca esquece. É que nem da mãe. Tem vez daté hoje eu inda sonhar com ela, você acredita? Uns sonhos esquisitos! Tem um de se repetir sempre. Eu mamando no peito dela. Só que grande, que nem eu tô agora. E do peito dela tá saindo leite de verdade. E no sonho ela tem a idade de que ela tinha quando eu fugi de casa. E eu tenho a idade de que eu tenho hoje. Imagina, um ganzelão que nem eu mamando no peito da minha mãe? E chega a ser até engraçado, porque hoje eu tô com 50, e ela tá nova que nem tava quando eu saí de lá, de maneira que parece até deu ser o pai dela, sabe como é? Teve uns tempos deu quase esquecer, parar de sonhar. Mas aí nasceu a Cidinha, e o sonho voltou. É. Cidinha. Cidinha é como eu chamo... chamava a Maria Aparecida. A mãe de que deu esse nome pra ela. Não, a mãe dela, a minha não. Deu porque ela era devota da santa lá da cidade de Aparecida do Norte. Eu não disse nada, nunca fui devoto dessa santa. Santa preta, onde já se viu um homem com a minha história ser devoto de santa preta? Não entendeu nada, a coitada, quando viu a filha desse jeito, toda encardida. Ficou com um medo medonho, achando de que eu ia achar dela ter algum amante assim mais pro escuro, sabe como é? E eu só queria um menino homem. E branco. Branco que nem eu, preu dá' pra ele a mesma categoria do nome meu e do meu pai. Isidoro. Eita nomão bonito do diacho! Sabe, aposto de que no fundo no fundo ele ficou satisfeito deu ter puxado pra ele. Imagina a tristeza dele se eu saísse assim mais pro preto, que nem minha mãe... E do cabelo pixaim. Em? Já pensou? A mãe, pelo menos, tinha o cabelo bom. É de que ela puxou pelo lado índio, pelo menos no cabelo. Já na cor da pele ela puxou pelo lado preto. Filho único. É. E foi até bom, porque vai de que eu tivesse tido outros irmão mais assim puxado pelo lado preto, já pensou? Hoje deviam de ser tudo ladrão. Eu tiro pelos meus primos. Por parte de mãe. O irmão dela, meu tio, além de preto do cabelo rúim, inda casou com outra preta, e essa era assim já pro tiziu, de maneira que tiveram dois filhos, gêmeos. A cara dum o focinho do outro. Sim, senhor. E isso eu já acho daté ser um perigo, porque se um inventar de virar ladrão, a polícia é capaz de prender o outro por engano, achando de ser o um. Aí eu sou contra. Gêmeos. É. Por mim, se eu fosse um político ou qualquer um desse tipo, eu proibia. Acho daté ser contra a lei de Deus. Duas pessoas igual. Eu, em? E no caso de um ser ladrão? Já pensou? Eu sou contra. Mas então? Á, tava falando dos meus primo. Tinham uma inveja danada de mim. Eu de que arranjava namorada branca, só eu. Na escola, as professoras tudo gostavam de mim. Com esse meu cabelão liso, preto, penteado de lado. Quando eu me olho no espelho, dá o maior orgulho. Não sou de achar homem bonito, não, mas eu, modéstia à parte, me acho. Não é à toa deu sempre ter tido facilidade com o mulherio. É. Por causa da aparência. Á, e dessa extrovenga também, de que é a única coisa boa de negro de que eu tenho. Um senhor pau. Grande, grosso e duro. Quando eu tirava a roupa, de que a mulherada via, tinha delas daté perder a fala. Tinha umas de nem aguentar, chegavam a chorar. Mas eu nunca dei mole. Ajoelhou, tem de rezar. Se tem uma coisa de que eu não aceito é mulher que cisca e depois, na hora do vamo ver, quer sair fora.

Pernambucano. Sim, senhor. Pernambucano de Vitória de Santo Antão. Não já falei não? É. De Vitória de Santo Antão. Mas com 18 anos caí no mundo e nunca mais vi nem mãe nem pai nem primo... nem Santo Antão nem Pernambuco nem nada. Recife, eu nem conheci. Quer dizer, só passei de ônibus. Foi tipo assim, eu tava trabalhando num mercado, juntei dinheiro, comprei a passagem e vim-me embora. Saí de madrugada, antes da família acordar. Não dei nem baixa na carteira no mercado. Aqui em São Paulo tirei outra, como se nunca tivesse trabalhado. Cidade nova, vida nova. Não é assim de que dizem? Não é? É. Muito prazer, Isidoro. Motorista. Branco. É. Branco. Tem gente de que me pergunta se eu sou de Pernambuco, e eu respondo com a maior honestidade, "Fui".

Não vou dizer deu não ter comido o pão de que o diabo amassou, não, que aí eu ia tá' mentindo. Passei fome, dormi na rua, só roubar eu não roubei, de que meu pai me ensinou de ser honesto, e eu tenho o maior orgulho de zelar pelo nome dele e meu. Trabalhei até em obra. Verdadeiramente, foi meu primeiro emprego em São Paulo. Servente de pedreiro. E olha de que eu não me envergonho, não. Apesar deu achar de isso não ser serviço de gente, mas é melhor do que roubar. É. Servente de pedreiro. No ano de 1973. É de que eu sou de dezembro, de maneira que completei 18 anos em dezembro e só esperei de passar as festividades de vim pra cá. Cheguei no dia 10 de janeiro, depois de dois dias e duas noites dentro daquele ônibus da miséria. E jurei pra mim de que nunca mais eu viajava desse jeito. E cumpri. Comecei a trabalhar no Carnaval daquele ano. Na obra. De servente de pedreiro, de que era o único serviço de que eu achei de não precisar de saber de nada nem de ter experiência de começar a trabalhar. Trabalho de corno! Trabalhava que nem escravo de no final do mês ganhar uma miséria. Mas naquele tempo inda se pagava bem. Eu dormia num alojamento na obra, e, com o dinheiro de que recebia, dava de comprar roupa nova, comer um pê-efe no bar, tomar uma cachacinha e inda frequentar um puteiro vez ou outra. É. Puteiro. Coisa boa! Quem não gosta? E foi lá de que eu conheci a primeira mulher de morar comigo. A Adélia. Mulher fogosa! E era preta, a desgraçada. E chegava até a ser engraçado, porque, quando ela sentava em cima do meu pau, ficava toda ouriçada e gemia, "Ai, meu branquinho gostoso, fode a sua preta". Achava deu ser branco. E eu nunca dei um pio, né? Ué? Branco eu sou mesmo. Oxe! E quem há de negar? Não gosto nem de tomar sol, de que é deu não escurecer. Os outros brancos quando vão na praia ficam tudo vermelhão. Já eu, não. Quando ia, ficava era escurinho. Moreno. As pessoas até estranhavam. Daí eu parei de ir. É. Prefiro o frio. Sou assim meio desse jeito, de maneira que tenho gosto europeu, sabe como é? Apesar de nunca ter viajado pra fora, nunca ter pegado um avião, mas eu gosto é de frio. Uma vez, fui de serviço pra Campos do Jordão. Eita cidadezona bonita! Se eu fosse rico, era lá de que eu ia morar. Até a mulherada lá é mais bonita. Dificilmente a gente vê um preto e, quando vê, é preto rico, talvez jogador de futebol ou cantor de pagode. De maneira que já não parece nem mais de ser preto, de tão rico. Porque, veja bem, a questão da cor. Verdadeiramente, mas isso lá no fundo no fundo, que eu não sou besta de sair falando essas particularidades pra todo mundo, que vão achar deu ter perdido o juízo. Então? Verdadeiramente, eu acho... Você vai achar deu tá' brincando, e, verdadeiramente, eu, na verdade, fico até meio desse jeito de que eu tô agora. É. Meio encabulado. Mas, já de que eu comecei, vou terminar, que eu não sou homem de deixar as coisas pela metade. Não, senhor. Então? Eu, verdadeiramente, acho de que os ricos têm preconceito não é de preto. É de pobre. Por exemplo, já vi preto adevogado, doutor, e todo mundo trata eles como se fossem brancos. Tá entendendo? De maneira que, se o preto for estudado, aí automaticamente ele já deixa de ser preto. Mas, se o miserável tiver a ideia infeliz de nascer preto e pobre, aí o caldo engrossa. Porque, na categoria dos pobre, aí o preto já tá em último lugar. É. Mesmo se um preto pobre for menos pobre do que um branco pobre, vai ser tratado dum jeito como se fosse mais pobre do que o pobre branco. Cê tá me entendendo? Então? Mas eu tava falando de Campos do Jordão. Cidadezona bonita! Já a minha cidade era um calor dos diabos! Vitória de Santo Antão! Lá, eu vivia suado, trocava de camisa umas três vezes por dia. Se tem coisa de que eu não gosto é de ficar fedido. Não, senhor. E eu tenho cá comigo esse problema, acho de ser por causa da genética. Não posso ver um solzinho de que vou logo suando, e tenho um suor forte, ardido. Arre! Quando saio de casa, passo um monte desse desodorante antitranspirante, e não é só embaixo do braço, não. É nas costas, no peito... Não suporto de ficar fedido. Mulher gosta de homem bem-asseado. Inda mais eu, bonito desse jeito, tinha cabimento? Ser bonito e fedido? Nem combinar combina. Homem bonito tem de ser cheiroso. Embora eu não ache homem bonito. Quer dizer, fora eu. Por isso deu gastar uma dinheirama com perfume. E só perfume do bom. Já teve vez deu passar sem beber, mas sem o meu perfume não passo. Á, isso não! Não, senhor. Verdadeiramente, acho de ser meu único defeito. Esse suor.

Então? Tava falando da Délia. Assim mesmo, sem o A. É de que eu só chamava ela de Délia, ou Delinha também, mas aí era só às vezes, se eu queria alguma coisa. Sabe como é, né? A Délia era uma preta boa, em todos os sentidos. Foi ela de que me tirou da obra, me levou pra casa dela e até chegou a me sustentar uns tempos. Eu lembro como se fosse hoje. Era aniversário de São Paulo. Vinte e cinco de janeiro de 1974. Dessas coisas de data eu tenho uma memória de que ninguém acredita. Então? A preta me levou de morar com ela, mandou deu sair da obra e começou a me sustentar. Vê se pode? Foi aí deu me zangar, lá sou homem de ser sustentado por mulher? Inda mais por preta? E puta? Uns tempos, eu até de que gostei, se eu disser de que não gostei, aí eu vou tá' mentindo. Mas era moleque, né? Só queria saber de meter, e a mulher metia de que dava gosto. Eu tinha de ser firme de não gozar logo. Acho de que foi por isso dela ter gostado de mim. Dizia de que eu tinha sido o único de ter feito ela gozar. E eu acredito, porque, do jeito de que a mulher ficava, dava de perceber de não ser mentira, não. A boceta dela chega mordia. Inda bem de que não tinha dentes, se não eu tava fodido! Preta boa! Só tinha um defeito. Não sabia cozinhar. Aliás, dois. O outro era de ser preta. Mas até aí, tudo bem, de que eu não tinha intenção de casar com ela, mas não saber cozinhar, aí já era demais. É. Acho de que foi por isso deu ter me resolvido a ir embora. Se tem uma coisa de que eu não suporto é mulher de não saber cozinhar. Minha mãe cozinhava de que era uma beleza, a Fatinha, então, vixe maria! Fatinha? Eu não já falei, não? A Fatinha era minha esposa, a mãe da Cidinha. É. Fátima, mas eu só chamava ela de Fatinha. Era estudada, a Fatinha, viu? Esclarecida. Pissicóloga. Além de ser a melhor cozinheira de que eu já vi. E inda era loura de ter os olhos dum azul tão azul de que dava até gosto. Eu ficava horas e horas ali, olhando praqueles olhão dela. A Cidinha também tinha os olho azul, mas não eram da Fatinha, não. Eram do meu pai. Mais assim pro cinza, um azul puxado pro triste. Meio que nem dia de cerração. De cama, ela era mais ou menos. A Fatinha. Ôxe! Também, nunca foi puta, né? Aí não cabe comparação. Mas foi aprendendo o jeito de que eu gostava e no final até de que não tava rúim, não. Mas eu me casei mesmo com ela foi porque era loura. Sim, senhor. Se tem uma coisa de que eu sou apaixonado é de mulher loura. Não precisa de ser nem muito bonita, sendo loura, eu já fico todo todo. A Fatinha era bonita. Não era assim de dizer "Vixe maria, que mulherão", mas bonita, era. Tinha tudo no lugar. Era magra, mas de bunda grande. E os peitos, não vou poder dizer de que eram grandes, que eu ia tá' mentindo, de que eu gosto mesmo é de mulher de ter peito grande, mas também não eram pequenos, não. Médios. Mas eram duros duros. Foi a mulher de que eu tive de que tinha os peitos mais duros. A Délia também tinha, mas não era tanto. Afinal, era puta, né? E inda só tavam duros porque era preta, e uma coisa de que eu gosto nas pretas, verdadeiramente, é da carne ser durinha. Já reparou? Cê já comeu uma preta? Então? De casar, não, mas de meter... Vixe maria! Nesse ponto, eu puxei pra minha mãe. Meu pai era meio gordo, dava de perceber da carne ser mole. E não podia se machucar, de que demorava de sarar, depois ficava a cicatriz. E, quando tomava sol, ficava da cor dum camarão. Minha mãe, às vezes, quando eles tavam de bom humor e ele tomava sol, ela dizia, "Meu camarãozim". Ele não gostava muito, não, mas ela tinha um jeito de dizer de que só ela tinha, de maneira que ele acabava rindo, mesmo sem gostar do nome. Minha mãe era uma alma boa. Nunca vi igual. Nunca vi nem branca de ser boa do jeito de que ela era. Á! Mas eu esqueci de falar uma coisa sobre os cabelo da Fatinha. Eram pintados. É. Não era natural, não. Mas, verdadeiramente, eu vou te dizer uma verdade pra você. Pra mim, era como se fosse. Desde que eu conheci ela, ela tinha os cabelo pintado, de maneira que eu nunca vi ela com outra cor de cabelo de que não fosse o louro, de maneira que pra mim ela era loura e acabou-se. E olha de que eu nunca quis nem ver as foto dela de quando não tinha o cabelo pintado. Não, senhor. Assim, eu ficava com a impressão dela ser mesmo loura. Que nem eu. Sou branco, não sou? E quem é de dizer deu não ser? Então? A mesma coisa era a Fatinha. Pra mim, ela era loura. Tudo bem de que a pele dela não era assim 100% branca. Não, senhor. Era uma cor meio misturada no liquidificador, mas, com aqueles olhão azul e aquele cabelo louro, aí já virava branca 100%. Sim, senhor.

Sabe, eu sou assim meio desse jeito. Quando na firma inventam de caçoar de preto, eu sou o primeiro de dá' corda, mas, lá no fundo, chega a dá' uma incomodaçãozinha, como se eu tivesse caçoando de mim mesmo. Mas não dou bandeira, não. Não, senhor. Olha pra minha pele. Quem vai dizer deu não ser branco? E o melhor jeito de ser branco é desse jeito, tendo raiva de preto. Quer dizer. Agora eu tive de diminuir. Sabe como é, né? Sou encarregado de departamento. Sim, senhor. Encarregado. De maneira que não fica bem ficar falando mal de preto no horário comercial. Mas no boteco tudo bem. Às vezes, quando eu tô sozinho, tem vez deu ficar meio incomodado. Até bebo. Afinal, minha mãe era preta, mas era uma alma tão boa, de quase parecer de ser branca. E a Délia? Nunca vi uma mulher de me tratar que nem ela. Nem a Fatinha. E a Cidinha, minha filha. Cuidava de mim de parecer ser uma escrava. Quando a Fatinha morreu, nem precisei de casar de novo, porque ela fazia tudo. E eu vou te falar uma coisa pra você, de que esse negócio de não gostar de preto já nasceu junto comigo. Parece de que só por causa deu ter nascido branco, eu tinha de ser uma pessoa do dia. Você sabia de que eu, desde criança, nunca dormi com a luz apagada? É. Minha raiva de preto era tanta, de que nem de escuro eu gostava. Quando eu era criança, eu chorava e chorava, de dá' dor de cabeça no meu pai. E no começo eles não entendiam do quê que eu chorava. Mas aí, quando eles acendiam a luz, eu parava, de maneira que eles me acostumaram de dormir de luz acesa, de maneira que até hoje eu durmo. E não acho vergonha, não. Não, senhor. Vergonha é roubar e não poder levar. Mesmo porque eu não tenho medo dos vivos. Só tenho medo dos mortos. No começo do casamento, a Fatinha ficava assim meio incomodada. De não conseguir dormir. Mas foi se acostumando. Já com a Délia não tinha problema. Tinha vez dela chegar já amanhecendo o dia, e tão cansada, de poder botar um refletor na frente dela, que não atrapalhava o sono.

Mas onde é de que eu tava mesmo? Á, eu tava falando de alma boa. Mas se é de falar de alma, alma boa mesmo, tinha o meu pai. Nunca teve um inimigo. Todo mundo gostava dele. Era "seu Isidoro" pra lá, "seu Isidoro" pra cá. Ele me ensinou muita coisa. Às vezes, juntava eu e meus primos, quando eles iam em casa e a gente brigava, e ele dizia, "Meus filhos, não tem esse negócio de preto e branco, não. Pra Deus, todo mundo é igual". Boa alma, o meu pai. Eu queria de ter tido a coragem de que ele teve, mas não tive. Mas, no fundo no fundo, eu acho de que ele falava essas coisas porque os preto não eram filho dele. Mas acho de ter sido por isso de que eu me resolvi a ser motorista. Porque ele era. Dizem de que filho de peixe, peixinho é, e taí uma grande verdade. É ou não é? Olha os ricos, por exemplo. Quando são doutores ou adevogados, lá vão os filhos seguir o mesmo caminho. E quando são político, então, aí já nem precisa de ser filho. Vai sobrinho, primo, sogro, todo mundo vira político. Até a esposa. Comigo aconteceu a mesma coisa. Não, com a Fatinha, não. Com o meu pai. É. Deu ser motorista. Tá certo de que eu fugi de casa, mas acabei aqui na cidade grande sendo motorista. Não fui caminhoneiro que nem ele, mas fui motorista. E, verdadeiramente, não gosto muito de me arriscar por aí, por essas estradas afora dirigindo caminhão, perigando de ser assaltado, o caminhão quebrar, sofrer um acidente... Tudo bem deu dirigir bem, mas o diabo é sujo. Prefiro de trabalhar na cidade mesmo, dirigindo minha perua da firma, registrado, tranquilo. É até engraçado, porque de que o meu pai, baixo, meio gordo e quase careca, casado com uma preta de cabelo liso, teve eu, alto, magro... Magro, não, forte. De cabelo preto e liso. Sabe de que eu me acho até meio parecido com o Tarciso Meira quando era novo? Você não acha? Olha bem, assim de perfil. Igualzim, né? Sou até um pouco mais bem-afeiçoado. Porque ele depois de velho enfeiou e eu continuo bonito. Meu pai tinha os cabelos castanhos e encaracolados. Era da personalidade dele. Ele tinha uma personalidade meio encaracolada. Por isso de que ele foi ser caminhoneiro. Eu, não. Minha personalidade é reta. Por isso de que eu não volto pra trás. Sofro, mas não volto. Nunca voltei nem pra ex-namorada. Se eu disser de que nunca fiquei tentado, aí eu vou tá' mentindo, mas uma coisa é querer, outra é fazer. Tá escrito nas minhas linhas da mão, retas, olha só, tá escrito aqui de que eu nasci pra ir pra frente. Seu Isidoro. Motorista. Branco.

O meu pai tem um segredo, sabe? É. Acho até de que todo homem tem, né? Na vida da gente, a gente vai juntando burrice, e chega uma hora de que a burrice é tanta, de que, se todo mundo suber das burrices de todo mundo, acaba de ninguém confiar mais em ninguém. Foi por isso do meu pai ter guardado esse segredo. Só contou pra mim. Acho de que ele pensou de que, naquelas alturas, tinha de contar pra alguém, senão endoidava. E ele era que nem eu, não confiava em ninguém. Acho de que é uma caraquiterística da pessoa de que não confia nem na própria pessoa. A de não confiar em ninguém. Ele tinha um monte de amigos, nesse ponto eu não puxei pra ele, não. Só de que tinha de que não confiava em ninguém. Ele era dum jeito assim meio desse jeito de falar de tudo, política, futebol, religião, mas dele mesmo, não, senhor. Nadica de nada. Foi aí de que chegou uma hora dele precisar de falar e não tinha pra quem. Aí ele viu de que só tinha eu dele poder confiar. De maneira que um dia meu pai me chamou de dá' uma volta no Corcel de que ele tinha. Tava meio calado aquele dia. Lembro até hoje de que era um dia de chuva. Um domingo. É. Naquela época, mercado não abria dia de domingo, não. Era minha folga. Hoje em dia, abre até no Natal e na Sexta-Feira da Paixão. Isso é uma coisa de que eu não concordo, não. Acho uma ganância da miséria. Sim, senhor. E uma falta de respeito com Nosso Senhor. Imagina? Natal, Sexta-Feira da Paixão, Quarta-Feira de Cinza, Finados... Não tem um dia de que eles respeitam. E quem se dana é quem trabalha, de que não tem tempo de nada. O rico enrica mais e o pobre empobrece mais, inda perde a saúde trabalhando de domingo a domingo. Se eu fosse político, uma coisa de que eu ia fazer era diminuir o tempo de trabalho. Olha só, todo mundo fala de que o desemprego tá grande, de que isso e aquilo, e, enquanto tem tanta gente sem trabalho, tem outros de trabalhar até 12 horas por dia. Que nem segurança. Esse é um serviço de que pra mim não serve. O sujeito trabalha o dia todo e não faz é nada. Fica só ali fazendo cara de mau, com aquele paletozão preto. Tem deles de não poder nem sentar. Imagina você ficar o dia todo em pé, parado, olhando pra todo mundo de que passa, desconfiado, achando de ser ladrão? E não poder nem sentar?

Uma miséria. Principalmente aqueles de que trabalham em banco. Sabe como é? De que tem aquela porta de que fica girando? Então? Isso é outra coisa de que eu não concordo. Até parece de que o ladrão vai esvaziar os bolso e colocar a arma naquela caixa. Aquilo é só pra deixar o pobre mais humilhado. Um dia eu vi um cara... não me contaram, não, eu vi. Eu vi um cara de que já tinha tirado tudo, só faltava dele ter de tirar a roupa. Aí esse cara ficou dum jeito de que começou a gritar e xingar e dizer de que ia chamar a polícia, e xingou e gritou tanto, de que só sossegou quando deu um pontapé na porta e foi vidro pra todo lado. Aí, quando ele viu o que ele tinha feito, pegou as coisa dele no chão, inda bufando, parecia de ser um bicho. Pegou as coisa dele no chão, guardou tudo nos bolso onde tava antes, sempre xingando, e foi embora. Rapaz, você precisava de ver a cara do segurança. Parecia de tá' congelado, com os olhão esbugalhado, desse jeito, e a mão no porrete, congelada também. E não fez nada. Sabe, eu acho de que gente assim, quando chega em casa, deve de desconfiar até da própria esposa. E tem delas de que até devem de ter culpa mesmo, porque o marido fica 12 horas sem aparecer, tem deles de trabalhar de noite... Aí, já viu, né? Quê? Então? Tava falando de mercado. Acho de que vai chegar um dia de acabarem até com feriado e com fim de semana. A ganância do homem é tanta, de que vão acabar botando o pobre pra trabalhar todo dia. Inda mais agora, que acabaram com a escravidão, de maneira que o novo preto é o pobre. É. E eles só vão sossegar no dia de que todo pobre for escravo. Que nem no comunismo. Pode esperar. Então? Tava falando do meu pai. É que eu sou meio assim desse jeito de que, quando começo a falar, fico pulando de assunto em assunto, de maneira que até acabo esquecendo do assunto original. Então? Meu pai... Nesse dia tava uma chuva da miséria e o lamaçal era grande, porque, naquele tempo, rua asfaltada eram poucas. Meu pai me levou por uma estrada de terra de que não passava nem um carro, só tinha o nosso. Aí ele parou perto dum açude, onde a gente gostava de ir tomar banho... É. Era a nossa praia. Só tem de que tava chovendo nesse dia, de maneira que a gente ficou dentro do carro. Meu pai desligou o motor, respirou fundo... E eu calado, né? Não fazia a menor ideia do que ele ia falar. Se eu disser de que sabia, eu ia tá' mentindo. De maneira que eu fiquei só escutando ele respirar fundo. Era uma respiração cansada, e ele não tava nem cansado, acho de ter sido da emoção. Imagina, você ficar tantos anos guardando um segredo de não poder contar pra ninguém. Pode dá' até uma úlcera. Então? De repente, ele começou de falar, e eu lembro como se fosse hoje, porque os vidros começaram de embaçar, e ele ia falando e nem percebeu de já tá' tudo embaçado dentro do carro, de que chegou uma hora deu ter de abrir o vidro do meu lado, apesar de tá' chovendo, de trocar o ar um pouco. Lá em Santo Antão era assim, abafado, de, mesmo quando chover, não parar de fazer calor. Nesse dia, eu já tava suando dentro do carro. De calor e de ânsia. Não. Não era ânsia de vomito, não. Era ânsia de curiosidade. E um pouco de medo, também. Se eu disser de que não tava com medo, eu vou tá' mentindo. Se fosse hoje, tudo bem, mas naquele tempo eu era moleque, né? E tem de que quando meu pai me olhou no olho, assim firme, eu não conheci meu pai. Não. Nunca tinha visto ele olhar pra ninguém daquele jeito. Parecia de ter matado alguém, ou de que ia matar. Aí ele começou a falar, "Filho"... Tinha uma coisa de que eu sabia, de que ele era do Ceará. Mas ele não falava nunca de lá, e quando a gente perguntava ele ficava assim meio incomodado, não chegava a ficar nervoso, não. Mas ele tinha um jeito assim de gente de que impõe respeito, sabe? De maneira que não precisava nem de falar, de que eu, se tivesse fazendo alguma coisa errada ou falasse alguma coisa de que não era de falar, eu já ficava queto logo. Nunca me bateu. O meu pai. É. Minha mãe, quando eu era mais novo, me batia de tudo quanto era jeito, mas meu pai nunca me bateu. E chega a ser até engraçado, porque eu tinha mais medo do meu pai do que da minha mãe. Você sabe de que tudo de que é demais enjoa, né? Minha mãe, quando eu era pequeno, qualquer coisinha de que eu fazia, lá vinha ela de chinela, cinta, vassoura, pau, o que tivesse mais perto. Tinha vez dela tá' me batendo e eu tá' dando risada. Porque eu sabia de que minha mãe era uma pessoa boa, aí eu não ficava com medo, porque eu sabia de que ela não ia me machucar. Mas teve vez dela machucar. Já o meu pai, não. Não era nem medo, era respeito. Porque ele também era uma pessoa boa, só tem de que ele sabia de se impor. Nesse ponto, eu puxei pra ele. Nunca bati na Cidinha. Não, senhor. E ela não dá um pio. E não é porque seja muda, não. É porque ela me respeita. Então? Aí ele falou assim, "Filho, tenho uma coisa de lhe contar. Acho de que tu"... É. Ele chamava a gente de "tu". Não. Não era só ele, não. Lá todo mundo chamava todo mundo de "tu", quer dizer, principalmente os mais velhos. Eu, quando cheguei em São Paulo, já fui logo aprendendo o "você", de que eu não queria de parecer pernambucano. Então? Agora eu não vou parar mais, não. É de que eu sou assim desse jeito mesmo, gosto de explicar bem as coisas. Mas aí ele disse, "Filho, tenho uma coisa de lhe contar e acho de que tu já tem idade suficiente de saber. E isso é uma coisa também de que eu vou lhe ensinar, de tu não precisar de fazer as mesmas besteiras de que teu pai fez. Tu sabe de que o pai é do Ceará, não sabe? Então? O pai já era caminhoneiro quando morava lá. No Crato. Um dia, nessas viajona de que a gente dá, vim parar aqui em Santo Antão. Não era nem a premera vez, não. Só tem de que nesse dia o pai passou aqui por esse açude de que nós tamo, aí deu uma vontade da miséria de tomar um banho. Tava um calor lascado! Aí o pai encostou o caminhão aqui, devia de ser bem onde nós tamo agora. Aí o pai viu a mãe. A tua. Foi a premera vez". É. Ele falava "premera". "Era uma belezura de mulher. Os cabelo ia até a cintura. Tava sozinha. Tomando banho de açude. Não tinha roupa nenhuma no corpo. O pai nunca tinha visto uma preta pelada. Olha só, eu tô lhe dizendo essas coisas porque sei de que tu já tá na idade. Já sei de que tu já sabe das coisas, né? Não é mais um inucente. De maneira que tu sabe das coisas de que acontece entre homem e mulher. Então? Nesse dia o pai endoidou. Chegou de mansinho, quase sem respirar, de não fazer barulho. Tua mãe, quando viu o pai, arregalou os olhão assim de pavor e saiu correndo do jeito de que tava. O pai correu atrás, doido de pedra. E foi nesse dia de que eu lhe fiz. Mas não foi à força, não, viu? Tu precisa de saber de que a mulher tem vez de parecer de não querer, mas é só de ver se o homem teima. Quando tu olha no olho duma mulher, bem no fundo do olho dela, tu sabe de quando uma mulher quer. E tem uma coisa de que tu tem de aprender, quem não sabe de ler o que um olho duma pessoa tá falando, não adianta de ler livro nenhum no mundo, de que não vai aprender nada do mundo." E olha só, eu aprendi tão bem essa lição do meu pai, de que uso até hoje. E nunca precisei dum livro. Graças a Deus. Então? Aí ele continuou, "Falei ela em casamento no mesmo dia. Tava doido doido. Aí ela riu e não disse nada. Nem que sim nem que não. Depois desembestou a dá' risada, e aquela risada tá rindo dentro das minhas ideia até hoje, de que aquela risada foi o jeito dela de dizer de querer casar comigo. Aí casemo". É. Ele falava casemo. Casemo andemo jantemo... Desse jeito. Então? Aí ele continuou, "E o pai se mudou pra cá. Só de que, do que eu tinha de lhe contar, não contei inda, não. É outra coisa...". Aí ele respirou fundo, de novo... Eu falei de que não ia mas parar e parei, mas é porque ele parou pra respirar e eu gosto de contar as coisas do jeito de que elas aconteceram. Aí ele começou de novo, "O pai já tinha uma família no Crato. Mulher e duas filha. Pequena. Duas filha pequena. Mas quando o pai viu tua mãe, o pai endoidou. Aí eu pensei um monte de coisa dessas de que passa pela cabeça da gente, de que eu pensei de que um homem, se não fizer as coisas de que ele quer fazer, ele deixa de ser homem e vira escravo da situação. Mas o pai pensou isso naquela época. Hoje, o pai pensa diferente. Não. Não fale nada, não. Sei de que tu tá querendo falar, mas tu não conhece o mundo inda, não, filho. Entrar no meio das perna duma mulher não siguinifica nada. Tem uma coisa de que o pai aprendeu, de que se chama responsabilidade. Quando eu aprendi isso, fui na igreja, deitei meus joei no chão...". É. Ele falava "joei". Então? Aí ele disse, "Deitei meus joei no chão e comecei a chorar, pedindo perdão pra Deus. Aí o pai fez uma promessa... Tu já tava de nascer. Aí eu fiz uma promessa pra Deus, de que, se ele me deixasse viver em paz essa nova vida de que eu tinha escolhido, de que eu nunca ia deixar de faltar nada dentro de casa pressa família nova. E cumpri. Nunca mais vi minha premera mulher, nem as duas filha, de que hoje já devem de ser umas moçona. São mais velhas do que tu. Eu sei deu ter feito uma coisa horrive...". É. Ele falava "horrive". "Eu sei deu ter feito uma coisa horrive, mas me arrependi e comecei de novo. Eu não gosto nem de pensar se eu pudesse voltar atrás do que eu fazia, porque eu nunca na vida gostei doutra mulher que nem eu gosto da tua mãe. Por isso de que eu não penso. E cada vez de que eu me alembro, meio assim contra a vontade, aí é de que eu me levanto mais firme na intenção de ser um bom pai e um bom marido. Tua mãe nunca sôbe disso. E eu não vou nem lhe pedir segredo, porque eu sei do tipo de filho de que eu tenho. Tu sabe do que tu faz. Só tô lhe contando porque achei de que precisava de falar pra alguém e sabia de que ia servir pra tu e pro teu futuro conhecer essa história. Não tive coragem de dizer nem em confessionário pro padre. Não, senhor. De que padre é homem que nem nós e pode uma hora ou outra ficar com coceira na língua. Pedi perdão direto pra Deus. E sei de que ele me perdoou." É esse. O segredo do meu pai. É. E eu não abri a boca. E parece de que foi mentira, mas na hora do meu pai dá' ré no carro e da gente voltar no caminho de casa, o sol abriu. Aquilo pra mim foi um sinal de que eu tinha de perdoar meu pai. E perdoei. Só tem de que, se ele me falou num sentido, eu acabei entendendo noutro sentido, porque foi naquela época de que eu já tava com o pensamento de vim embora, e aquela história só serviu deu acabar de crer de que eu devia de vim mesmo. Não vou dizer de que eu vim por causa da história, não, porque aí eu ia tá' mentindo, mas eu ia tá' mentindo também se eu dissesse de que a história não me ajudou deu me resolver. Depois de que eu tinha chegado aqui já fazia um tempo, tinha vez deu pegar numa folha de escrever umas linhas pra meus pais, mas era pegar e começar e já jogar a folha no lixo. Meu pai tinha a personalidade assim, encaracolada, que nem os cabelos dele, já eu, nesse ponto, tenho a personalidade reta. Por isso é de que eu só vou pra frente. Se bem de que ele, verdadeiramente, nessa única vez de que ele não voltou, dessa vez aí desse segredo, essa vez foi ele de que puxou pra mim.

Sabe? Eu sou assim dum jeito tão desse jeito, que nem de música eu gosto. Nadica de nada. Me irrita. Pra não dizer de que eu não gosto de nada, tem um tipo de música deu gostar de imaginar. Ouvir, não. Imaginar. Eu fico até meio cabreiro de dizer, porque eu, verdadeiramente, acho até daquilo não ser música. Por isso deu não gostar de ouvir, só de imaginar. Música clássica. É. Clássica. Mas isso eu não falo pra ninguém, senão vão me tirar de boiola, e se tem uma coisa de que eu não gosto é de quando alguém me chama de boiola. Sou daqueles que dou um boi de não entrar numa briga e uma boiada de não sair. Por isso de que eu não digo. Mas não é assim de graça deu ir gostando, não. Teve um motivo forte. E tudo por causa da Délia. Ela só gostava de meter ouvindo música clássica. Com ela foi o seguinte, uma vez ela deu prum gringo. Era um velho idoso. É. Velho. Mas o pau devia de levantar, senão ele não tinha pagado dela dá' pra ele, né? Mas o fato foi de que, quando eles tavam metendo, ele botou um disco de tocar, e era a bendita da música clássica. Quando acabaram, a Délia tava chorando. Disse de nunca ter ouvido uma coisa assim tão bonita na vida dela toda. Aí o velho se resolveu a dá' o disco pra ela de presente. E você sabe de que só agora foi deu ter imaginado uma coisa? Rapaz, verdadeiramente, deve de ter sido esse o motivo! Seguinte, a Délia preferia de dá' pros velho. Tinha, tipo assim, uma queda pra velho, de maneira que a clientela dela tinha mais velho do que novo. E tem outra, o velho tem mais dinheiro do que o novo. Não, não é todos, mas a maioria. E tem mais uma coisa, o velho é mais atencioso, quer dizer, saber eu não sei, a Délia de que me falava, que com a gente não tinha essa coisa de ficar de segredinho, não. Ela me falava tudo. Sim, senhor. E, verdadeiramente, se eu disser de que no começo eu não ficava meio, tipo assim, encafifado, aí eu vou tá' mentindo, mas o fato é que um dia eu reparei de que eu tava morando com uma puta, então, se eu tivesse ciúme de puta, aí o doido ia de ser eu. Onde já se viu ter ciúme de puta? E tem outra coisa, se uma puta, de que tem bastante experiência com homem, se uma puta se resolve de ficar com você, é sinal de que você é melhor de que os outros. É ou não é? De maneira que ela te escolhe sabendo. Não é que nem essas menina de que tem por aí de que o primeiro de que dão já vão logo se casando. Essas não sabe de nada, não dá um ano separam. E buchuda. É. Com filho na barriga. Então? De maneira que a Délia me falava de que preferia os velho. Tinha deles de nem subir mais o pau, de querer só atenção. Uma tristeza o sujeito ficar velho e só ter as puta. De maneira que agora foi deu ter pensado de que esse velho de que deu o disco pra ela de que deve de ter viciado ela em gostar de velho. Quer dizer, profissionalmente. De que gostar de verdade, ela só gostava era de mim. De que ela era uma profissional, eu tô falando gostar profissionalmente. De que puta também é profissão. É ou não é? Só não é reconhecida, mas é tudo hipocresia, de que quem não reconhece, que são os político, são os que mais usam. Sim, senhor. De maneira que a Délia era uma senhora profissional! Quer dizer, deve de ser ainda, se não tiver morrido. Quer dizer, pensando bem, hoje ela já deve de ter se aposentado. Quer dizer, puta não se aposenta, deve de ter é virado dona de puteiro, de que ela já era mais velha do que eu naquela época, e eu hoje já tô com 50. Então? Á, tava falando da música clássica. É. De maneira que toda vez de que a gente metia, ela inventava douvir esse disco. Eu não lembro nem do nome do cantor. Mas também, acho de que não devia de ter nem cantor, porque era só o som, não tinha voz. Sabe como é, né? Essas músicas de que falta a voz? A Délia disse de que o velho disse de que o cantor era um alemão, só tem de que ele não cantava, entendeu? Não? Nem eu. Mas então? E essa tal dessa música clássica me pegou tão dum jeito, de que, quando eu me separei dela, não conseguia ouvir mais música nenhuma. Ficava só imaginando aquele som sem voz. Tam tam tam tam. Tam tam tam tam. Não posso dizer nem, verdadeiramente, de que eu gosto. Gosto é de lembrar. Sabe como é? Tem vez deu ficar em silêncio, escutando com a memória aquela música. Parece até deu ter ficado meio fraco das ideia. Nada me agrada. Nem Roberto Carlos. Não. Não vejo graça. A Fatinha tinha lá uns discos do Roberto Carlos dela gostar douvir, mas só quando eu não tava em casa. Quando eu tava, ela não tinha coragem de colocar, não. Depois de que ela morreu, joguei tudo fora. Dei pro lixeiro levar. A Cidinha inda era pequena, de maneira que não reclamou. Também, coitada, era muda, como é de que ia de reclamar? Acho de que foi só nesse ponto dela ter puxado pra mim. Nunca escutou música. Só se escutava quando eu tava trabalhando. Tem até um aparelho de som aí na sala, da Fatinha, de que eu não tive coragem de jogar fora. Um três em um antigo. Não toca nem CD. Mas ouvir, mesmo, ninguém ouve, não. Eu só gosto de ver o repórter, que isso não dá pra não ver. A gente tem de se informar, né? Quando acaba o repórter, eu vou pro quarto, aí a Cidinha fica na sala vendo novela. Disso ela gosta. Mas é sem som, de que se tiver som eu não deixo. Aí fica um silêncio. Quer dizer, agora ela não vai ver mais, né? Tá morta. Eu gosto só é de pegar meu vinho e de ficar bebendo no quarto, até o sono chegar. Suave. É. De seco eu não gosto, não. A Fatinha teimava comigo de que o seco era mais gostoso, mas nunca conseguiu de me convencer. Me dava repunância. O seco. Só gosto de suave. E tinto. Branco, nem suave eu tomo. No bar, às vezes, eu tomo uma cachacinha, uma cerveja, se tiver frio eu peço um conhaque. Com café. É. De que eu vi um dia um gringo pedindo conhaque com café daí eu resolvi de pedir um pra mim, e não é de que o bicho é bom? De maneira que eu passei a tomar conhaque só com café. Mas só no frio. E no boteco. De que em casa eu só tomo vinho suave. Tinto. É o meu uísque. Os ricos não gostam de uísque? É ou não é? É. Pois então? O meu uísque é o vinho. Suave. E tinto.

Olha, eu sou tão desse jeito, de que, verdadeiramente, nem de futebol eu gosto. Ficar vendo aquele monte de cueca correndo atrás duma bola... Nem quando é jogo da Seleção Brasileira. De Copa do Mundo eu só gosto porque saio mais cedo do trabalho, mas assistir, mesmo, nunca assisti. Mas quando eu digo assim de que gosto só porque saio mais cedo do trabalho, não é porque eu não gosto de trabalhar, não. Gosto. E quando tenho de trabalhar depois do horário, não sou de reclamar. É só porque, quando é dia feriado, fica uma paz no mundo. A gente até esquece de que tem miséria e desemprego. Principalmente quando é Copa do Mundo. Por isso de que eu gosto. E gosto de ver as rua assim enfeitada, sabe como é? Tudo pintada, parece de não ter miséria no mundo. Sim, senhor. Mas assistir mesmo, não. Nunca assisti. Já teve até vez deu ir prum motel com alguma dona de que o marido tinha ido pro estádio. Vê se pode? Os marmanjo lá gritando gol e eu só PIMBA! Carnaval, por exemplo. Se eu disser de que não gosto, vou tá' mentindo. Mas, verdadeiramente, eu gosto só é de olhar, ver a putaria. Aquele bando de mulher pelada rebolando. E sem som. Fico imaginando a música clássica fazer "tam tam tam tam" enquanto a mulherada desfila. Aquelas musiquinhas de Carnaval, não tem cristão daguentar. Rúim de doer. E pra mim, pode até ser inguinorância minha, mas acho tudo igual. E, verdadeiramente, pra falar a verdade, eu prefiro é assistir quando passa Carnaval de salão, de que a esculhambação é maior. Essa coisa de sambódromo já saiu fora de moda. Parece até é da gente tá' andando pra trás. Olha só, em pleno século 21 e tão inventando de proibir mulher pelada. Onde já se viu? Antigamente, com aquela proibição toda, era só peito balançando e bunda rebolando.

E tem outra, a mulher de que quer desfilar, não é porque ela gosta de Carnaval. Não, senhor. Isso já foi do tempo, no tempo de que o Carnaval era na rua. A mulher de que desfila hoje, ela quer mais é se mostrar. E pode ver, na maioria são atriz de televisão ou cantora. De maneira que elas querem se mostrar de ver se conseguem uma revista de aparecerem peladas, de ver se conseguem um dinheirinho extra. Sabe como é, não sabe? É. Tem delas de não saber nem sambar, ficar só ali ciscando que nem galinha, balançando os peito. Então? De maneira que o Carnaval hoje existe é pra isso mesmo. Tipo assim, um balcão de negócios. De valorizar o produto. Daí, quererem proibir a mulher pelada chega a ser até uma hipocresia. Por isso é deu preferir salão. Frequentar, se eu disser de nunca ter frequentado, eu vou tá' mentindo. Já fequentei muito, mas agora, com a idade, e com esse negócio de aids, prefiro é de ficar queto no meu canto, só vendo pela tevê. E com o som baixo. Tomando o meu vinhozinho suave. E tinto. E imaginando a música clássica.

Com a Délia? Com a Délia foi o seguinte. Depois de que eu meti com ela, fiquei meio bobo. Moleque, sabe como é, né? Só queria saber da danada da preta. Uma coisa é certa, de casar, não, mas de meter, não tem coisa melhor do que uma boa preta. E ela também se enrabichou por mim. Na terceira vez de que eu fodi a preta, me chamou de ir morar com ela. Disse, "Branquinho, vou te adotar". E eu topei. E eu vou te falar uma coisa pra você, verdadeiramente, eu ia lá no puteiro atrás das loura, de que eu sempre preferi as loura, mas, quando a desgraçada da preta aparecia, rapaz, me dava um negócio, deu não poder escolher outra. E chega a ser até engraçado, de que eu sempre preferi as loura, mas puta, a melhor de que eu tive foi a Délia. Preta. Então? De maneira que ela me convidou de morar com ela. E eu fui. A primeira coisa de que ela me pediu foi deu abandonar a obra. Disse daquilo ser lugar de animal, não de gente. E nesse ponto eu tava de acordo com ela. Não precisou dela nem falar duas vezes. Só voltei lá de pegar minhas coisas e dizer de que tinha arranjado outro emprego. E tinha, né? Fiquei um tempão assim, zanzando, só comendo, bebendo e dormindo. Quer dizer, comendo a preta, né? Que de comida de panela, que é bom, a safada não entendia bulhufas. Mas aí teve uma coisa boa. Diz da necessidade ensinar e, verdadeiramente, tá aí uma grande verdade. Quem começou a cozinhar fui eu. E, modéstia à parte, até de que eu levo jeito. Se eu disser de que eu sou assim um baita cozinheiro, desses profissional de que trabalham nos restaurantes chiques, aí eu vou tá' mentindo, mas me viro bem, não fico só no zoião, não. Mas o problema foi de que chegou uma hora de parecer deu ser a mulher e a Délia ser o homem. Aí eu comecei a ficar encafifado, de não querer nem meter mais. Não. Não era falta de macheza, não. Que negar fogo eu nunca neguei. O pau sempre levantou. Naqueles tempo, era a mente de que não queria. Tipo assim, vamos supor de que a mente tivesse pau. Aí o pau da mente é de que não ia se levantar. Cê tá me entendendo? Então? E foi justamente a preta de que me arrumou outro trabalho. É, mas só arrumou porque eu bati o pé, falei de que aquela situação não era pra mim e ameacei de sair de lá. A preta ficou ofendida, chorou, disse deu ser um mal-agradecido, enfim, essas coisas de que mulher diz, né? E o engraçado é de que parecia dela ter medo deu trabalhar e trair ela. Puta com ciúme. Essa é boa! Parecia até deu ser a mulher e dela ser o homem. O bom dessa época é de que não tinha desse negócio de aids. A gente trepava sem camisinha e não acontecia nada. Pra não dizer deu nunca ter pegado uma doença, quando quebrei o cabaço, inda lá em Santo Antão, fiquei com a cabeça do pau toda inchada, deu um medo danado. Olha só como é moleque. Eu achei de que toda vez de que eu metesse ia inchar a cabeça do pau. Vê se pode! A sorte foi de que eu criei coragem e falei pro meu pai. E, ó, até que ele era bem legal nesse ponto. Aí ele riu e me levou no doutor. Nunca vou esquecer, o doutor me deu uma injeção na cabeça do pau, de que eu duvido da mulher quando tem um filho de sentir tanta dor quanto eu senti naquele dia. Aí, quando meu pai me explicou, a primeira coisa de que eu fiz foi cobrir de porrada a miserável de que trepou comigo. Escambichei ela. Vagabunda! Dizia de que queria namorar comigo e era a maior galinha da paróquia! Raimunda. O que tinha de bonita, tinha de vagabunda. Depois foi de que eu fiquei sabendo de que ela dava pra qualquer um naquelas bandas. Tinha cara de gringa, mas não passava duma vagabunda. Se fosse nesses tempo de hoje, ela já devia de ter morrido dessa tal dessa aids aí. Mas sabe de que foi só agora deu pensar de que o meu pai deve de ter contado aquele segredo pra mim depois desse acontecido? É. Acho de ter sido, sim. Mas em São Paulo nunca me aconteceu nada disso de doença, não. Nem com a Délia nem com as outras putas. Nem com as não putas. Graças a Deus.

Mas aí aconteceu de que a Délia tinha razão. Foi eu começar a trabalhar, arrumei outra. E o pior foi de que, o emprego, quem arranjou foi ela. Inda me pagou aula de datilografia! Acho até de que hoje em dia nem deve de existir mais esse negócio de datilografia. É tudo na base do computador. Mas, naquele tempo, quem subesse escrever datilografia tinha mais valor do que quem aprendia língua de gringo. Então? Tinha um sujeito, um empresário de que gostava de sair com ela, então ela pediu dele me contratar. E velho, o safado. Casado, com filho grande. O sujeito achou graça, mas me contratou. Só tem de que antes dele me contratar, ele me encontrou e me fez jurar deu nunca contar no serviço como era de que eu tinha conseguido aquele emprego. O salário era até um pouquinho mais alto do que o dos outros de que tinham a mesma função de que eu. É. Eu recebia de ficar queto. E a gente dividia a mesma puta. Ciúme? Onde já se viu ter ciúme de puta? Eu sabia de que mais cedo ou mais tarde ia de aparecer uma mulher de verdade e eu ia dá' um chute na bunda daquela preta. Como é de que eu podia de ter ciúme dela? Eu era só um moleque, mas já tinha meus planos do futuro. E eu lembro como se fosse hoje. Foi no dia 12... Ou foi no dia 11? Agora me deu um branco, mas, se não foi no dia 12, foi no dia 11. De janeiro. É. De 1975. Rapaz, e foi só agora de que eu pensei de que eu fiquei quase um ano sendo sustentado pela preta! Mas aí eu comecei a trabalhar. De auxiliar de escritório. Atchim! Saúde obrigado de nada! Será se eu tomei meu remédio hoje?

Então? E foi aí de que eu conheci a Cíntia. Olha só que nome, Cín-tiá! Bonito tanto de falar quanto de ouvir. Se tem um nome de parecer com música é esse. Cíntia. Ela trabalhava no mesmo departamento de que eu. Branca, magra, peituda, do jeito de que eu gosto. O cabelo era cumprido, castanho e encaracolado todinho, de cima a baixo. Verdadeiramente, tinha um defeito, a bunda era meio achatada. Tipo assim, a cintura era fina, mas a bunda, em vez de embicar pra trás, embicava pros lados, sabe como é? Então? Mas era boa, tinha uma qualidade de que eu vi em poucas, chupava de que era uma maravilha! Nem a Délia, profissional do jeito de que era, chupava que nem ela. Teve umas duas vezes deu gozar antes de trepar com ela, porque aquela língua dela era uma coisa de louco. Parecia até de ter fogo. Eu sentia meu pau arder todinho. Aí foi de que eu fiz a merda de levar ela um dia em casa. A gente sempre ia pra algum hotelzinho, mas, nesse dia, não lembro se foi porque a grana tava curta ou se foi de pirraça, sabe? Essas coisas do prazer pelo perigo? Então? Foi tipo assim. Só tem de que agora vou ter de confessar de que quem me mandou embora foi a preta. Mas também, pô, mais cedo ou mais tarde ia acontecer. É. Mais cedo ou mais tarde eu ia ir embora. Marido de puta não é profissão de que se preze. Mas o que aconteceu, verdadeiramente, já dá pra imaginar, né? A preta pegou a gente com a boca na botija. Quer dizer, não foi exatamente a gente. De que quem tava com a boca na botija era a Cíntia, mas, nessas alturas do campeonato, isso era o de menos importância. Vou te confessar uma coisa pra você, a Délia era uma flor. Nunca eu tinha visto ela levantar a voz pra mim. Agora é de que eu pensei nisso, foi a única mulher de que eu nunca tinha brigado. Mas nesse dia essa mulher se enfezou, foi pra cima da coitada da Cíntia, de que cada unhada era uma facada. O rosto da coitada ficou de parecer um bife. E quem disse deu poder com a preta? Nunca apanhei de mulher, mas nesse dia faltou pouco. A Cíntia, nem lembro se chegou de pegar alguma roupa, do que eu lembro é dela sair correndo e gritando, pelada mesmo. E o pior era de que a Délia morava no terceiro andar dum prédio sem elevador.

Fico só imaginando do que a coitada da Cíntia deve de ter pensado, descendo aqueles três andares a pé. E pelada. O mais triste foi quando eu fiquei sozinho com ela. Não me encostou a mão. A Délia. Nem levantou a voz. Nem me olhou. Abaixou a vista e disse bem baixinho, quase de não dá' pra ouvir, "Pega as suas coisas e some daqui". Não chorou, não gritou. Nada. Foi tão decidida, de que eu não tive coragem de falar nem A nem meio A. Nunca vou esquecer da cara dela naquela noite. E ela disse assim até carinhosa. Nem parecia de tá' brava. Mas ela só segurou a pose porque não me olhou nos olhos, porque, se ela olhasse, aí eu duvido se ela aguentava. Acho de que aquele foi o momento da minha vida deu ter mais gostado duma pessoa. Naqueles cinco minutos de que eu levei de pegar minhas coisas. Mas eu senti também, mais uma vez, como se a mulher fosse eu. Sabe como é? Então? E pensar de que com a Cíntia ela fez aquele estrago todo e comigo foi aquela finura. Acho de que é por isso de que até hoje eu imagino aquela música daquele disco. Nunca comprei um disco em toda a minha vida, mas, se eu tivesse de comprar um, comprava esse. Pena de que eu não sei nem o nome do cantor.

Aquela noite eu passei na rua. Só não voltei pra obra porque meu orgulho não deixou. Eu tava parecendo um mendingo, com aquela trouxa nas costas. Um lençol dado o nó e, dentro, sapato, cueca, meia, camisa, escova de dentes... o que eu lembrei de pegar.

Dei a maior sorte de não ter sido assaltado aquela noite. E eu podia de ter procurado um hotel, só de dormir aquela noite, mas quem disse deu conseguir pensar? Fiquei a noite toda zanzando pra lá e pra cá, segurando aquela trouxa, e com aquela música no meu ouvido. Ouvido, não, de que não tava tocando. Na minha mente. Acho de que não esqueço até hoje de trauma. É. Foi trauma mesmo. Por isso deu não gostar de música. Eu acho.

No dia seguinte, eu não fui trabalhar. Nem dava. Imundo daquele jeito, fedendo. E, inda por cima, sabia de que tinha esquecido alguma coisa, o perfume. Logo o perfume! Se tivesse sido uma camisa, uma calça, eu não ia me lamentar tanto, mas o perfume! Quase de que eu voltava, mas não voltei. Como eu já disse antes, sou homem de ir só pra frente. Achei foi uma pensãozinha barata e me mudei pra lá com minha trouxa. No outro dia, fui trabalhar, e a Cíntia nem falou comigo. Tava com o rosto cheio de curativo. Na hora do almoço, tentei me aproximar de falar alguma coisa, mas ela me deu um safanão, trincou os dentes e disse, "Seu nojento! Nunca mais quero de olhar pra sua cara!". E não olhou mesmo. Poucos dias depois, acabei sendo despedido. Acho de que a Délia deve de ter contado pro meu patrão o ocorrido. Quase de que eu voltava lá e ameaçava ele, mas achei bobagem. E, no final das contas, o errado era de ser eu mesmo. O melhor era partir pra outra. Afinal, eu tinha até recebido um dinheiro razoável da demissão, e naquele tempo era fácil de achar emprego. Não deu duas semanas, e eu já tava noutra empresa. De datilógrafo. E eu não paguei nem o curso pra Délia. Um dia, juntei dinheiro e fiquei resolvido de que ia entregar pra ela, mas aí pensei bem e refleti de que se eu tinha de pagar alguma coisa pra ela, aquilo não chegava nem no dedo mindim do que ela já tinha gastado comigo. Pra desencargo de consciência, no domingo seguinte, fui na missa e dei o dinheiro na oferta.

Sabe de que eu nunca mais vi nem a Délia nem a Cíntia? Chega a ser até engraçado, tem gente de que vira e mexe a gente esbarra por aí, né? É ou não é? Não é? Comigo acontece direto. Não tem gente de que faz uns dez anos da gente não ver e de repente, sem mais nem menos, esbarrar com a pessoa? Não tem? Então? Mas a Délia e a Cíntia, eu nunca mais vi. Se eu disser de não sentir saudade às vezes, eu vou tá' mentindo, mas daí pra procurar elas já vai uma grande distância. Olha só, se eu tivesse de escolher entre as duas, e isso é só uma suposição, porque eu não sou homem de voltar atrás, mas se eu tivesse de escolher entre as duas, verdadeiramente... Aí você me pegou! Não ia saber dizer, não. Acho de que o homem tinha era de ter várias mulheres, porque aí uma completava a outra. Olha só, a Délia, por exemplo. Nunca me encostou a mão, nunca levantou a voz. Me tratava que nem se eu fosse um rei. Até me sustentar sustentou, por uns tempos. E se eu quisesse tava sustentando até hoje. Metia de que que nem ela acho de que nunca vou ver outra. Se bem de que uma coisa é verdade, ela era bem mais velha do que eu. Se eu tivesse com ela até hoje, era capaz das pessoas verem a gente na rua de pensar dela ser minha mãe. Quer dizer, só não iam pensar porque ela era preta... e eu branco. E, além disso, não sabia cozinhar. Até ovo frito pra ela era uma complicação. Tostava. Nunca vi igual. Já a Cíntia, a única coisa de que me deixa triste é de que nem deu tempo da gente se conhecer melhor. Não sei nem se ela cozinhava. Se bem de que duvido de que fosse pior do que a Délia. Com a Cíntia, foi do que chamam hoje em dia de atração física. Rapaz, olha de que foi só a gente se encostar um dia no refeitório da firma, de que chega parece de ter saído faísca. Aí é de que eu entendo quando acontece alguma briga de casal quando um homem trai a esposa e ele diz de que não queria. Isso aí, verdadeiramente, é uma grande verdade. Eu acredito. Acredito porque aconteceu comigo, senão não acreditava. Olha só. Eu, verdadeiramente, não olhava nem na cara da Cíntia. Pra dizer a verdade, acho de que a gente não dava nem bom-dia um pro outro. Se eu falei com ela antes, foi só algum assunto de trabalho, mais nada. Mas foi só a gente se esbarrar naquele dia no refeitório, de que... pronto! A merda tava feita. Você acredita de que eu perdi a fome aquele dia? E olha de que não tem nada de que me tire o apetite. Não. Nem quando a Fatinha morreu eu deixei de comer. Mas naquele dia foi diferente. Era de que uma fome deu lugar proutra fome maior. Não já aconteceu com você? Não já? Pois é. Comigo, aconteceu aquele dia. Eu sentei e olhava pro filé de frango... Lembro de como se fosse hoje. Era um filé de frango com arroz, feijão e fritas. E uma fanta. É. Fanta uva. De que eu sou assim desse jeito de que nem de refrigerante eu gosto. Nem coca-cola, nem guaraná, nem soda, nada. Só fanta uva. Teve vez deu já ter pedido o almoço nalgum bar e depois me levantar e ir embora porque não tinha fanta uva. Então? Nesse dia, nem a fanta uva eu tomei. Rapaz, o pau ficou duro, e eu fiquei ali olhando pra cara das pessoas que nem besta, com vontade de me levantar e sem poder, porque a dureza do pau não deixava. Porque isso é verdade, do jeito de que o bicho fica, se eu me levantasse, todo mundo ia perceber. Inda mais de que eu tava de calça social. É. Social. Era obrigatório. De gravata, não precisava, não, mas de calça social precisava. E de sapato de bico fino. Mas então? Se eu disser de não ter orgulho, eu vou tá' mentindo, mas também tem de que eu sou meio acanhado. Orgulho? De quê? Do pau, oras. Mas, como eu disse, eu sou meio acanhado, de maneira que não ia levantar da mesa daquele jeito, com aquela calça social e o pau daquele jeito. É. Eu sou meio desse jeito, assim meio acanhado, sabe como é? Não parece, né? Mas é a pura verdade. Sou. Acho até de que eu só ganho mulher mesmo é pela aparência, porque, se dependesse do papo só, eu não ganhava, não. Não de que o papo seja rúim, eu até de que sou bom de papo, mas demoro de achar o assunto certo. Eu sou meio assim desse jeito. Quando é com uma pessoa conhecida, falo pelos cotovelos, mas quando é com algum estranho, vixe! Parece até outra pessoa. E com mulher, então? Não, medo, não! Nunca fugi da raia com mulher! Nem com homem! Quer dizer, quando é briga, né? Com homem. Porque o meu assunto é mulher. Com homem, eu tenho tanto nojo, de que se pudesse não apertava nem a mão de cumprimentar. Nesse caso, acho de que são os japoneses de tarem certos. Já viu como eles se cumprimentam? Chega a ser até engraçado, eles se encolhem e abaixam a cabeça e falam umas palavras lá na língua deles, de que eu não sei como é de eles se entenderem, aí depois eles dão uma risada e fica tudo bem. Nunca vi gente de gostar de dá' risada que nem japonês. Também, são tudo rico, né? Até eu dava risada. Nunca vi um japonês pobre em toda a minha vida. Peraí, já vi, sim. Se eu disser de nunca ter visto, eu vou tá' mentindo. Lá na Liberdade, eu já vi japonês mendingo. Mas também possa ser de que fosse chinês, de que lá também tem bastante. Vai ver até de que era chinês mesmo, de que chinês deve de ter bastante pobre. Ou coreano. Que, pra falar a verdade, eu não sei a diferença entre eles. Se um coreano falar pra mim de que é chinês, eu vou ter de acreditar. Mas acho de que chinês e coreano também se cumprimentam do mesmo jeito. Aí eu já não vou saber, se eu disser de que sei, aí eu vou tá' mentindo. Agora, feio mesmo é italiano. Já viu como os sujeitos se cumprimentam? Com beijo no rosto. É. E homem com homem. Onde já se viu? Acho de que são tudo é viado, de que esse negócio de homem beijar homem não dá samba. Nem meu pai eu gostava de que me beijasse. Quer dizer, quando eu era criança, ele me beijava. Mas aí eu era criança, né? Criança é inucente, não sabe das coisas. Depois de que eu fui crescendo, eu fui ficando meio assim desse jeito, aí ele percebeu deu não tá' gostando, e parou.

Sim, a Cíntia. Não liga, não, de que eu sou assim desse jeito mesmo. Vou pulando dum assunto pro outro, aí, quando percebo, não sei nem mais qual era o assunto original. Então? Com a Cíntia foi assim. E o engraçado foi de que não foi só eu de ter sentido, não. Ela também sentiu, de que naquele dia não parou de olhar pra mim no refeitório o tempo todo. Só tem de que ela comeu. Não sei se perdeu a fome, mas de que comeu, comeu, de que eu lembro. É que mulher sempre foi assim mais falsa do que o homem, né? Eu, por exemplo. Eu não gosto de mentira. Nunca gostei. Mas é porque não sei mentir. Se eu começo a mentir, todo mundo percebe logo. Me dá uma suadeira, aí eu já fico vermelho vermelho, parecendo um camarão. E isso é de que é o rúim de ser branco. Eu nunca vi um preto ficar vermelho. Cê já viu? Então? É por isso de que, em vez de falar uma mentira, eu prefiro é ficar queto.

Então? A Cíntia. Ela ficou olhando pra mim dum jeito e foi por isso de que eu não conseguia de fazer o meu pau ficar mole. Você sabe como é, né? Já aconteceu com você de ter essa sensação? A tal da atração física? Então? Rapaz, é um negócio. Olha só, eu, por exemplo, nunca usei droga nenhuma, nadica de nada. Só bebo, de que de beber eu sempre fui de beber. Mas, quando a gente sente uma atração física, deve de ser igual um sujeito de que usa droga, porque a gente sai de si. E eu digo isso porque aconteceu comigo, e não foi uma nem foi duas vezes, não. Foi muitas. Senão, eu não acreditava. Mas das outras eu até de que esqueci dalgumas, mas dessa eu não esqueci, não, porque foi a primeira vez. Com a Cíntia. Aí não teve cristo de segurar a gente. E chega a ser até engraçado como aconteceu. Foi assim. Eu gosto muito de café. Sem açúcar. Nenhum. Nem adoçante. Me dá repunância. Desde criança. Minha mãe sempre gostava de fazer café e adoçar ele todo, só depois dava pra gente ou pras visitas, de maneira que ela tinha de fazer dois cafés, um pra mim, amargo, o outro pros outros. É. Nem doce. Nunca gostei. Nem bala. E chega a ser até engraçado eu gostar de vinho suave, né? Cada um com o seu cada qual. Então? Lá nesse serviço, tinha sempre uma garrafa térmica cheia de café. E você veja só como são as coisas. O sujeito, quanto mais ele começa a ganhar, mais ele quer. Aí, se ele vê de que numa coisa de que ele dava de graça antes ele pode ganhar um extra agora, ele aplica.

Por exemplo, eu lembro de que antigamente o café era uma questão de educação. E não era só nas casas, não. Era nas firmas também. E tanto fazia se você era funcionário, diretor, faxineiro ou visita, todo mundo tinha direito do mesmo café, e de graça. Hoje em dia, é tudo aí na base dessas maquininhas, de que o sujeito precisa de ir lá e colocar uma moeda, e tem vez até da miserável da maquininha te engolir a moeda e não soltar o seu café. Isso eu já acho um roubo, primeiro porque você tem de pagar, segundo porque tem vez da máquina te roubar, e terceiro porque o verdadeiro café é aquele coado. Esse negócio de botar o pó numa maquininha depois ela misturar, pra mim, é futurismo. É. Esse é um nome de que eu que inventei cá comigo, de que é tipo assim uma coisa de que quer ser melhor do que as outras na base da enganação. É. Quando sostifica... É isso aí. Quando so-fis-ti-ca... Eita palavrinha! Então? Deixa pra lá. Futurismo é quando sostifica por fora e por dentro piora. Mas então? Nessa época, era na base da garrafinha térmica. E o bom era de que o açúcar era separado, de maneira que eu podia tomar o meu, amargo. E foi nesse mesmo dia do almoço de que eu não almocei. Devia de ser umas três horas da tarde, porque aí eu lembro de tá' com uma fome da miséria. Mas aí, como eu não dava de sair, me resolvi a enganar a fome com café. Não tem aquele ditado, "quem não tem cão caça com gato"? Pois é. Olha só. Aí não é de que a danada tava lá, tomando café? E com a colherzinha na boca, chupando que nem se fosse pirulito. Aí me deu uma olhada de cima a baixo e foi pro banheiro. Só tem de que, antes de entrar, me deu outra olhadinha, tipo assim, como quem diz, "não vai vim?". E eu fui, né? Que eu não sou de ferro nem nada. Aquele dia foi Deus de que ajudou. Quer dizer, não sei se eu posso falar de ter sido Deus, porque eu imagino de que ele não deve de gostar de ajudar a gente nessa situação, mas nesse dia ele devia de tá' de bom humor, porque ajudar, ele ajudou. Ou foi o demo, sei lá. Porque eu entrei lá dentro do banheiro das mulheres, e bem entrado. E o engraçado é de que não apareceu senhor ninguém. Aliás, senhora ninguém, de que era o banheiro das mulheres. Rapaz, é um negócio maravilhoso quando você sabe do que você quer e a pessoa também sabe e ela quer a mesma coisa de que você tá querendo. É. Porque aí as palavras não precisam. Você pode ser um brasileiro e a mulher ser russa, que é a mesma coisa. Então? A mulher me arrancou o pau pra fora e foi nessa hora de que ela me ganhou, porque daquela chupada eu nunca mais vou esquecer. Não, senhor. E parece de que, quando o perigo tá por perto, fica até melhor. Ela tava com uma saia preta. Lembro como se fosse hoje. Arranquei a calcinha dela, e, na pressa, até rasguei. Lembro porque já fui logo jogando ela no cesto do lixo. A calcinha. Também, foi num piscar de olhos. A tal da rapidinha. Quando eu apercebi, a gente já tava lá fora de novo, tomando o café que nem dois desconhecidos. Eu todo envergonhado, porque apareceram duas funcionárias doutro departamento, e ela lá, bem à vontade, conversando com elas como se nada tivesse acontecido. E sem calcinha. Nem olhou na minha cara. E eu tava tão envergonhado, de que até engasguei com o café. Mas foi porque eu tava sentindo um cheiro de porra da miséria. Não sei se foi por causa da culpa. Pode de ter sido também, de que eu já ouvi falar de que quando a gente tá com culpa chega até a... como é que é mesmo? Delirar. É. Se isso acontece, nesse dia eu delirei, porque o cheiro de porra tava impreguinado em mim. Fora duas rodelonas de suor debaixo do sovaco, de que tavam aparecendo na camisa. E isso foi verdade, de que eu vi. Cheiro tudo bem de poder ser deliração, mas coisa de que a gente vê, se não for assombração, tem de ser verdade. Depois desse dia, haja dinheiro. E chega a ser até engraçado, de só agora eu tá' lembrando de que a gente nem chegou a conversar assim direito, que nem gente civilizada. Não deu tempo. Por isso de que eu digo de que, entre as duas, não vou poder dizer qual eu ia preferir. Porque, verdadeiramente, esse negócio de atração física chega a ser uma doença, eu acho. De maneira que deve de ter sido por Deus deu nunca mais ter visto a Cíntia, porque, olha só, imagina se ela fizesse isso com outro depois da gente ter se casado. Deus me livre! Corno nunca, graças a Deus! Não. Com a Délia não vale, de que a Délia era puta, e, quando eu conheci ela, ela já era. Se eu tivesse morado com ela antes dela ser puta e depois ela virasse, aí sim, podia se dizer deu ser corno, mas do jeito como aconteceu, não. O que vale é o antes. É que nem filho. Se você casa com uma mulher e depois ela tem um filho, aí, verdadeiramente, o filho é seu. Já se você casa com uma mulher de que já tem filho, aí, mesmo se você criar, o filho é do outro. De quem fez. E aí, nessa questão, eu já sou contra. Cada um que fez de que cuide. Eu? Casar com mulher de que tem filho de outro? E cuidar? Só se eu tiver tomado uma pancada na cabeça de ter ficado com os miolo mole. Então? Tava falando da Délia, de que era puta e deu não ser corno. Tanto é verdade, de que ela dava todo dia pra outro, ou outros, sei lá, e nunca influiu na nossa relação, mas, no dia de que ela descobriu doutra tá' dando pra mim, pronto, acabou-se. Chega a ser até engraçado. É ou não é? Olha só, verdadeiramente, foi só agora de que eu pensei nisso. Rapaz, se eu tivesse pensado nisso aquele dia, podia de ter usado esse argumento. Não é? As mulheres não vivem falando de, como é que é? Essa história de direitos iguais? Pois então? É que na época eu inda era moleque. Se fosse hoje, duvido se ela não perdoava, quando eu falasse dessa história de direitos iguais. Mas agora já foi, né? Atrasei só uns anos...

Mas aí, bola pra frente. Toquei meu barco. Se eu disser de que não sofri, aí eu vou tá' mentindo, sofrer, sofri, mas calado. Eu era moleque, né? Num dia tinha duas bocetas, no outro, zero? É foda! Mas a vida me troxe outras. Não vou dizer de que foram melhores ou piores, porque, como já falei, mulher, homem tinha de ter era um monte, que nem lá nas Arábias. Não é lá de que cada homem tem um harém? Então? Eu, verdadeiramente, vou te falar uma coisa pra você, se eu tivesse dinheiro, ia pra lá viver vida de rei. Cada dia ia meter com uma mulher diferente. E ia querer 365, de que era pra não repetir a mesma comida o ano todo. Já pensou? E também tem outra, é melhor ser justo do que ser bom. O santo de que dão mais nome pras crianças não é o José, aquele de que dizem de que era justo? Então? É melhor ser justo do que ser bom. Se eu, vamos supor, se eu tô lá com meu harém e uma noite ou outra repito uma esposa, as outras já vão começar a ficar enciumadas. Mas se eu tenho 365, de que é a conta certa dos dias do ano, aí não tem briga. Quer dizer, só vai ter quando for ano bissexto, né? Aí eu ia ter de ter uma amante? Essa foi boa! Uma amante! É, mas aqui é Brasil e Brasil é outro papo. Agora já tão até falando em igualdade de direitos e coisa e tal. Eu, verdadeiramente, se dependesse de mim, mulher ficava era na cozinha, pilotando fogão. Não é assim de que dizem? Pilotando fogão? Não é? Então? Eu pilotando o carro da firma, e a mulher em casa, pilotando o fogão. No tempo do meu pai, do meu vô, isso é de que era tempo bom. A mulher, calada, inda tava errada.

E só casava com quem a família queria, não tinha essa de amor, não. Onde já se viu? Olha só, eu vou falar uma coisa pra você. Verdadeiramente, depois de terem inventado essa coisa de amor, como é que é mesmo? Paz e amor? É. Paz e amor. Aí virou zona. A minha vó, mãe do meu pai, o marido dela, meu vô, de que Deus o tenha, era um sem-vergonha de primeira, acho até de que eu puxei pra ele. Não, puxar, assim 100%, não, de que eu sou até mais controlado, mas ele... era rúim de doer, e a velhinha minha vó, lá, fazendo a comida dele e lavando as cuecas manchadas da rua. E não dava um pio. Quando abria a boca, era pra falar bem do marido. Já pensou? E como rezava, a coitada! Vivia com o terço na mão. Não. Conhecer eu não conheci. Meu pai de que gostava de contar essas histórias na hora da janta. Mas hoje, qualquer coisinha já é motivo de separação. E contrariando, inclusive, a lei de Deus, porque tá na Bíblia, "do que Deus uniu, o homem não separa". Hoje, se o homem chega em casa cansado, depois dum dia rúim, parece até de que a mulher adivinha, e é justamente nesse dia dela resolver de encher a paciência do coitado. Mas também tem uma, a culpa é do homem. Comigo e a Fatinha, isso nunca aconteceu. E por quê? Porque eu sube ensinar. Mulher, mesmo hoje em dia, com essa coisa toda de direitos iguais, mulher é que nem criança, se você educar bem, ela te obedece, agora, se não... Aí fodeu! Mulher é que nem preto. Eu chego a achar até, cá comigo... e isso eu não digo por aí, porque hoje em dia, se eu disser, é até capaz de me prenderem, eu, de que sou honesto e trabalhador, porque bandido mesmo eles não prendem. Chega a ser até engraçado. Não dizem aí "crime organizado"? Então? Essa palavra é de que é a vergonha do Brasil. Como é de que o crime é organizado e a polícia é essa casa da mãe joana? Mas aí é por causa da política, aí já é outro assunto, essa coisa de direitos humanos, enfim... Onde é de que eu tava mesmo? Á, então? Eu ia dizendo de que acho de que não só a escravidão não tinha de ter acabado, como também se nascesse mulher tinha de ser escrava também. E não devia nem de estudar, que nem eu fiz com a Cidinha. Que nem na China. Não é na China de que é assim? Diz que tem vez de nascer mulher e o pai jogar na privada, porque tava esperando filho homem. Aí eu já não concordo, porque, se nasceu, tem de viver, mas de que era melhor da mulher ser escrava, era. Mas isso cá pra nós. Olha só, aqui, a mulher estuda, depois já fica com a cabeça cheia de vento. Livro, por exemplo. Nunca li nenhum. Lembra do que o meu pai me disse? Então? Aquele, sim, era um filósofo. Não tinha estudo, mas tinha uma filosofia natural da vivência. Então? Livro, eu nunca li. Nenhum. E não sou menos inteligente por isso, não. Não, senhor. Pelo contrário. As ideias de que tenho, são minhas, verdadeiramente, não tirei de nenhum livro. Agora a mulher vai pra escola, lê esses livros aí, depois não quer mais obedecer pai, mãe, marido.... Uma miséria. Eu, por mim, fazia voltar a escravidão e colocava a mulher também incluído. Aí, a gente ia ter paz. Hoje, por exemplo, esse desemprego todo aí nesse Brasilzão afora e esse bando de mulher trabalhando. Isso é um abissurdo! Onde já se viu o homem dentro de casa e a mulher trabalhando? É aí de que acaba o respeito! A mulher vai logo querendo achar outro homem e o homem vai afogar as mágoas no bar. Eu não me candidato a político porque sei de que é muita dor de cabeça, além dessa ladroagem toda, de que acho até de que o político só chega no poder se for ladrão, além disso eu não tenho mais nem idade nem paciência pressas coisas, senão duvido se esse Brasil não melhorava. É só questão de pulso. Duvido se tivesse uns três ou quatro homens de verdade aí no governo, se isso não melhorava. Olha o Rio de Janeiro, por exemplo. Uma vergonha. E mulher no governo. Já tá difícil de respeitar até homem, quanto mais mulher. Vai lá naqueles morros de que tem lá e pergunta do que eles acham de mulher no governo. Vai lá. E no trânsito, então? Já viu mulher no trânsito como é? Ou é 8 ou 80. Não tem meio--termo. Ou a mulher tem medo de dirigir e aí dirige tão devagar, de ser capaz até de causar um acidente, ou então não tem medo de nada e sai por aí que nem uma doida, na maior velocidade. Eu até já estudei o caso, de maneira que eu sei até de que tipo de mulher de que entra em cada caso. Por exemplo, a mulher de que dirige devagar geralmente é aquela senhora casada, com filho, às vezes professora, às vezes aposentada, enfim, de só dirigir porque é o jeito. O outro tipo geralmente se divide em dois tipos, ou é filhinha de papai, tipo estudante de faculdade, do pai dá' um carro de presente de aniversário. Essa não tem medo de nada, porque não pagou de ter o carro e não sabe da dificuldade de que é pra comprar um. Se bater, tem seguro, ou então o pai compra outro. E o outro tipo, esse é o pior de todos. É aquela mulher de trabalhar fora. Geralmente é aquele tipo de que tem bom emprego, carro do ano... o tipo da mulher de achar de que não precisa de homem. Tem delas daté gostar de mulher. Essas, no trânsito, ninguém segura. Comigo nunca aconteceu, de que eu, graças a Deus, nunca nem bati nem nunca bateram em mim, porque eu dirijo com um olho na pista e o outro nos outros motoristas, mas já vi caso de mulher bater noutro carro e, tando errada, inda fazer o maior escândalo, a ponto do outro motorista... geralmente homem, porque, se você reparar bem, mulher não bate em mulher. Já reparou? Parece até de ser de propósito. Então? De maneira que, quando bate noutro carro, parece até de que é de propósito. Então? Já vi caso de mulher bater e fazer escândalo, a ponto do motorista do outro carro aceitar a culpa, pra evitar problema maior. Por isso de que eu digo, lugar de mulher é em casa, pilotando fogão. Mas vamos deixar isso pra lá, de que eu fico até com o coração assim palpitando.

E o doutor já me avisou de que eu não posso passar muito nervoso. É. Tomo uns remédios aí, não é nada grave, não, mas o diabo é sujo, sabe como é, né? Por isso de que eu bebo vinho. Dizem de que quem bebe vinho tem a vida longa. Né, não?

Mas onde é que eu tava mesmo? Á, sim. Aí eu fiquei uns tempos morando naquela pensão e trabalhando no emprego novo. No meu sossego. Amigos? Olha só, verdadeiramente, nunca fui muito de amigos, não, viu? Pra mim, só tem dois amigos bons mesmo, de que eu posso botar a mão no fogo. Um é o dinheiro e o outro é Deus. Quer dizer, Deus vem primeiro, né? Porque sem Deus até o dinheiro deixa de ter validade. Vê só esse bando de rico aí sendo sequestrado, filho usando droga, filha virando puta... Uma miséria! Porque não é só pobre de virar puta, não. E aí, verdadeiramente, cabe uma verdade. Não é por causa do dinheiro. É sem-vergonhice. As putas mais baratas, de que viram putas por causa da necessidade, são as mais baratas. Aquelas de que cobram mais, as putas de luxo, são as mais ricas, aquelas de que não precisam de dinheiro, viram putas de sem-vergonhas que são. Eu, por exemplo, sou da seguinte opinião de que essas putas pobres, de que são putas porque precisam, essas deviam era ter carteira assinada, férias, fundo de garantia, aposentadoria, enfim, esses direitos todos de que todo mundo tem. Que nem a Délia, por exemplo. Mulher honesta tava ali. Agora hoje em dia, se a polícia pega, prende, mas antes inda deve de meter a rola também, de que polícia nesse país é tudo pior do que o ladrão. Então? Eu, no caso das putas pobres, dava todos os direitos de que elas têm direito. Já essas outras, filhinhas de papai, que viram putas de sem-vergonhice, essas eu botava na cadeia. É. E na cadeia masculina, de que era prelas aprenderem de deixarem de serem sem-vergonhas. É. Se bem que era até possível delas gostarem. Mas então? Tava falando dos dois amigos. O dinheiro e Deus. Quer dizer, Deus e o dinheiro. Amigo bom mesmo é Deus. Sim, senhor. E, quer saber do que mais? O amigo e o dinheiro não se entendem. Não, senhor. Vou falar por quê. Em primeiro lugar, todo mundo tem um preço. Tem amigo de ir até longe com a gente, mas, quando você menos espera, o sujeito te apunhala pelas costas. Quando é questão de mulher, aí o buraco é mais embaixo. Já vi história de amigo, amigo não, irmão. Irmão. Por causa de mulher, um meteu com a mulher do outro, aí o outro ficou sabendo e foi lá e matou o um, aí o de que matou foi preso, o outro morreu, e a mulher tá lá, toda toda, dando prum terceiro. Justamente. Olha só, na minha terra, teve até uma história, quer dizer, história não, de que aconteceu de verdade. Teve um acontecido de que gerou a maior falação. É. E eu conheci o sujeito, não cheguei a estudar com ele, porque ele devia de ser uns dois anos mais velho do que eu e já tava adiantado no estudo. Mas de que eu conheci, conheci. Sim, senhor. Os dois.

O de que matou e o de que morreu. Foi o seguinte, tinha dois amigos, mas amigos mesmo, desses de ser unha e carne, sabe como é? Então? Jogavam bola junto, saíam junto, faziam tudo junto. Tinha gente de dizer até deles serem viados. Se eram ou não eram, eu não sei, quer dizer, um aparentava de ser, esse de que matou. E só agora é de que eu tô pensando de que devia de ser mesmo, porque você sabe de que viado é raça rúim. Já viu viado nervoso? Sai de perto. Arreda! De que isso deve de matar dando risada. Sim, então? Os dois amigos eram duma amizade de dá' até falação. Foi aí de que o pai dum deles morreu. Matado. Diz que se envolveu com jogo, sei lá, coisa de dívida, sabe como é? Então? Esse rapaz, o filho do defunto, ficou numa tristeza de que dava até dó de ver. Eu gostava do meu pai, mas aquele ali, vixe maria! Quer dizer, gostava, não. Gosto. Se ele inda tiver vivo. Não é porque eu fugi de casa de que deixei de gostar. Gostar é coisa da gente guardar dentro do peito e levar pronde for, não precisa de ser só se tiver junto, não. É que nem fé. Tem gente de achar de que a reza só tem validade se for na igreja. Eu já sou da seguinte opinião de que, se você tem fé, onde você tá, pode rezar da reza ter validade. É. Qualquer lugar passa a ser igreja. Pois então? Pra resumir a história, o amigo deu de começar a dormir na casa do outro, desse de que perdeu o pai. Sim. Tava quase de mudança pra lá. O que perdeu o pai tava assim meio triste, de maneira que o outro era muito amigo e se resolveu a ficar ali consolando o amigo... Diz que um fazia até o dever de escola do outro, desse de que o pai morreu. Á, e eu inda não falei da mãe. É. Da viúva. A viúva era dessas novonas, diz que parecia de ser uns 20 anos mais nova do que o falecido, parece do marido ter pegado ela na casa dos pais quase criança. E tá aí outra coisa de que eu não concordo, é o homem casar com mulher mais nova. Só dá merda. Não, comigo e a Fatinha foi diferente. E ela nem era assim tão nova. Dez anos de diferença você acha de ser muito? A viúva desse de que eu tô falando tinha era 20 anos menos do que o falecido! Então? Pois não é de que a mulher se engraçou do amigo do filho? E demorou do amigo descobrir, diz que a história já ia dantes do marido morrer. Se era verdade eu não sei, porque o povo gosta de falar, mas, verdadeiramente, eu acho daté ser possível, porque o fulano não devia mais de dá' no couro, a mulher nova, bonita, e o filho com aquele amigo de que vivia dentro de casa de parecer até não sei o quê... Tinha de dá' nisso. Não, quer dizer, é modo de dizer quando eu digo de que o amigo vivia dentro da casa do outro. Viver viver mesmo só depois do pai do um falecer. Antes, ele ia lá, mas de noite ia embora. Então? Diz que a mulher começou a sentir uns enjoos, sabe como é, né? Coisa de prenha. A mãe. Mas a merda fedeu mesmo foi porque a mulher ficou prenha, senão, era até capaz da situação ficar assim até hoje. Quer dizer, até hoje é muito tempo, de que a mulher já devia de tá' velhinha. Eu, de que sou mais novo do que o filho dela, já tou com 50... Enfim, a mulher se resolveu a tirar o filho. É. Aborto. E naquela época, inda mais na minha terra, as coisas eram mais atrasadas, sabe como é? Não era que nem hoje, não, de que todo mundo faz tudo e sempre tem um remedinho, uma coisinha aqui, outra acolá, vai lá e resolve. Não, senhor. Naquela época, não. Mas a infeliz da mulher se resolveu a tirar o filho. Diz que tinha um doutor lá, parece de que o homem era até, como é que fala, desses doutores de cachorro? Como é que é? Sim. Veterinário. Diz que o doutor era veterinário. Daí de que ele tirou a criança, mas a mulher já tinha passado do tempo de tirar, e aí acabou falecendo. É. Morreu. E diz que quem disse de que o pai da criança era o amigo do outro foi justamente esse tal desse veterinário. Esse eu não conheci, de que eu nunca precisei de levar bicho lá, de que, em casa, quando um bicho ficava doente, a gente matava. Então? Mas o seguinte foi de que a história se espalhou. Se era verdade ou não, ninguém vai saber mais, porque o filho, de que já era órfão de pai, ficou órfão de mãe também... E de irmão, né? Aí endoidou. Pegou duma peixeira e atolou até o cabo no bucho do amigo. E não quis nem saber se tinha sido ele mesmo ou não. Primeiro matou, depois perguntou. Que nem a polícia faz aí de vez em quando. Só tem de que, no caso da polícia, 90% das vez ela tá certa. Os outros 10% fica pela margem de erro. É.

Que nem no tal do ibope. Não tem no ibope uma tal duma margem de erro? Tem ou não tem? Tem. Então? Mas no caso desse ocorrido, eu acho de ter sido também. Verdadeiramente, se eu disser se no lugar dele eu não fazia a mesma coisa, eu vou tá' mentindo. Mas o fato é de que, caiu na boca do povo, vira verdade. Mesmo se não for. Vira. Por isso deu ser contra o aborto. Fez, tem de assumir. Imagina só se liberam o aborto. Vixe maria! Aí vai ser uma tal duma abortação pra lá e pra cá, de não ter mais tamanho. Além de ser contra a lei de Deus. Só tem de que agora, com esse governo comunista aí, tudo é possível. Eu não sei onde é de que a gente de bem vai parar. Verdadeiramente. Então? Por isso é de que eu digo, amigo bom é Deus e dinheiro no bolso.

Vixe, de que a bichinha já tá começando a feder! E eu já tô com a bexiga cheia. Vou ter de ir lá assim mesmo. Você quer um vinho? Eu só tenho suave. E tinto. É. Tinto. Quando eu voltar, eu pego.

É. Tá um fedor da miséria. Se tem uma coisa de que eu não suporto é fedor. Até o porre passou. E a bichinha continua lá. Claro, né? Tá morta. Mas eu não olhei muito, não. Dei só uma olhadinha de rabo de olho e fiz de conta de não ter ninguém. Se não, como ia ser deu mijar? Você já mijou antes com um morto olhando pra você? É terrível. Parece de que você roubou e, na hora de que você tá escondendo, tem alguém te espiando, só tem de que você não pode de ver, mesmo sabendo de que a pessoa tá lá. Sabe como é? Então? Foi assim de que eu me senti agora. Demorei até um tempão pro mijo se resolver a sair. Isso já deve de ter acontecido com você, não já? Olha só, comigo acontece direto. Sabe quando você tá nalgum banheiro público e alguém começa a olhar pro seu pau? Eu travo. Inda mais eu, com o pau desse tamanho, sempre tem um ou outro de ficar olhando. O pior não são esses, não, de que a gente sabe de que é viado mesmo e não tem jeito. Esses, eu até de que não ligo muito. Isso porque se tem uma coisa de que eu não gosto é de arrumar confusão em banheiro. Nunca arrumei. Tenho nojo. Quando entro num desses banheiro, não encosto em nada. Até pra cagar, tenho de colocar bastante papel higiênico em cima da tampa. E, se não tiver papel, não cago. Não, senhor. Procuro outro banheiro. Só se for caganeira. Mesmo assim, depois eu me lavo. Se não tiver ninguém dentro, né? Mas então? Eu tava falando de que esses viados de ficar encarando a gente mijar, desses eu nem ligo. Eu não suporto é bicha enrustido. É. Esses são os piores. Fingem de que são machos, mas no fundo são uma flor. Como é de que eu sei? Sabendo, pô! Comigo acontece sempre, por causa do tamanho do meu pau. O viado descarado olha e não tira o olho. Alguns dão até uma risadinha nojenta, achando de que você vai comer ele. Não dão? Dão ou não dão? Dão.

Então? Agora, o enrustido dá aquela olhadinha de rabo de olho, como quem tá vendo a hora no seu relógio. Alguns até assobiam, os descarados, de você achar deles não tarem te olhando. Esses são os piores. Tem deles daté casar, ter filhos e tudo. Vê se pode! Nesse caso, eu sou a favor da mulher de trair. Já aconteceu comigo. Não! Da mulher me trair, não! De comer mulher de viado. É, mas isso é outra história. E já faz tempo, foi quando não tinha esse negócio de aids. Se fosse hoje, eu não fazia. Primeiro porque nunca meti com camisinha. Quer dizer, meter eu meti, se eu disser de que não meti, eu vou tá' mentindo. Mas foi só uma vez, pra exprimentar. E com a Fatinha, de que é pessoa de confiança. Imagina se eu vou comer qualquer uma com camisinha. Nem morto. Mas então? Tava falando dos viados de banheiro. É assim, tem de ficar ligeiro. Eu não sei com você, mas comigo acontece direto.

Olha só, tem certeza de que não quer? Não ofereço outra coisa porque não tem. Quer dizer, ter tem, mas é café e tem de fazer. Ia interromper nossa conversa, né? Quando você for embora, eu faço. Quer dizer, antes, né? Senão, vai parecer falta de educação. Eu quis dizer de você esperar até acabar a minha história, depois eu faço o café. O vinho, não vai querer mesmo? Tem certeza? Então? Já de que você não quer, eu vou tomar sozinho. Se importa? Não? Tá bom. Então, saúde! Eu brindo por nós dois. Diz que uma taça de vinho antes do almoço e outra antes da janta faz a gente viver muito... Quer dizer, agora é de que eu pensei se não será depois em vez dantes... Deixa pra lá. Diz que a pessoa vive muito. Se uma taça só, quer dizer, duas, já faz isso, imagina eu, de que tomo quase um litro por dia. Olha só a bichona, cinco litros! Eu só compro assim, ó, de garrafão. Esses dum litro só não valem nada. Além do sabor ser diferente, mais amargoso, inda acaba depressa. É. Comprar eu já comprei, se eu disser de que nunca comprei, eu vou tá' mentindo, mas já faz tempo, foi só pra exprimentar, ou em época de que o dinheiro tava curto. Quer dizer, curto curto, nunca teve, de que eu sempre fui trabalhador e sempre gostei de ter o meu dinheiro. Mas agora é de que eu tô pensando de que eu devia de tá' rúim mesmo, viu? Sabe de que faz um tempão de que eu já tô aqui de prosa com você e nem percebi na hora de que você chegou? Por isso de que dizem da bebida ser coisa do demo. E eu acredito. Não largo porque sou homem e homem tem de saber zelar pelos seus vícios. Um tempo eu até parei. Foi quando eu comecei a frequentar o culto. Logo depois da minha mulher ter morrido. Mas aí eu vi de que era fraqueza da minha parte, de que um homem tem de saber resolver os seus problemas sozinho. E teve outro motivo também, se você ficar mais tempo aqui, eu conto, mas inda é cedo. Sabe, eu sou assim meio desse jeito, de maneira que eu acredito de Deus só ajudar quem se ajuda. Foi isso de que eu aprendi indo aí presses cultos. Eu via aquele povão todo de mão pra cima, parecia assalto... Gritavam "Meu Deus meu Deus", tudo desencontrado, cada um falando uma coisa, e ninguém fazia nada. Quer dizer, fazer, até tinha uns de fazer, se eu disser de que não tinha, eu vou tá' mentindo, mas, verdadeiramente, a verdade é de que a maioria ficava só ali, de braço cruzado, quer dizer, braço cruzado, não. De braço pra cima, esperando de Deus fazer alguma coisa. Quer dizer, todo mundo pagava o dízimo, mas isso aí é outra coisa também de que eu não concordo. Onde já se viu? Parece até de que Deus tá à venda. Não, pagar eu paguei, se eu disser de que não paguei, eu vou tá' mentindo, mas a verdade é de que, depois de cinco anos... É. Foi cinco anos de que eu passei frequentando ali. Ou foi seis, agora eu não tô com a cabeça muito boa de fazer conta, mas o certo é de que, quando eu vi o pastor trocando de carro pela segunda... ou foi terceira vez... Enfim, quando eu vi aquele sujeito com aquele paletozão... Isso é outra coisa de que eu não concordo. Quem é de ir nessas igrejas? Pobre. Não é? É. Como é de que os sujeitos vão obrigar o pobre de usar paletó? Paletó é coisa de rico. E chega a ser até engraçado ver aquela homarada toda com aqueles paletós baratos saindo da igreja a pé com a Bíblia debaixo do braço, e um pastor sozinho, com aquele paletozão vistoso, saindo da igreja com carro do ano. Aí de que eu vi de que Deus não mora em lugar nenhum se não morar dentro da gente. E voltei a beber. Porque tem uma coisa, não é a bebida de que é do demo, é o homem de que não sabe se controlar. Foi por isso deu ter voltado a beber. Eu pensei assim comigo, "Poxa, passei cinco anos sem beber, então posso parar na hora de que eu quiser". Aí eu voltei. Não é a bebida de que controla o homem, é o homem de que controla a bebida. Esses sujeitos de que matam, estrupam, róbam, depois põem a culpa na bebida... Como é que é? Estupram. É isso aí. Mas não repara, não, de que eu sou assim meio desse jeito mesmo. Não é de que eu falo errado, eu me considero de que até falo certo, perto das pessoas de que eu vejo por aí, mas a língua brasileira... É. Brasileira. De que tem vez deu escutar português falar e não entender é nadica de nada. E nem eles entendem a gente. Eles só fingem de que entendem porque são europeus e se julgam superior, não gostam de dá' o braço a torcer. Então? Tem umas palavrinhas na língua brasileira... E olha só, essa coisa de língua brasileira. Isso é ideia minha. Nunca li isso num livro. Fui eu de que imaginei. E vou dizer uma coisa, é que agora já faz tempo de que eu parei de estudar, isso foi só lá em Santo Antão, de que aqui eu tinha de ganhar a vida e agora já tô velho pressas coisas, mas olha só, se eu tivesse de falar com professor, adevogado, doutor, presidente da república, o papa que seja, enfim, seja lá com quem seja, eu falo bem e discuto com qualquer um o ponto de vista da minha opinião. Mas tem umas palavrinhas de que são foda. Que nem essa aí do estru... estupro. Teve uma deu passar a vida inteira falando errado e nunca ninguém me dizer nada, as pessoas ficavam era ouvindo e dentro delas deviam de tá' dando risada, mas não falavam nada. Por isso deu não confiar em amigo. A Fatinha foi a primeira pessoa de que me corrigiu. "Problema". Eu falava "poblema". Antes eu já tinha até desconfiado, porque eu sozinho mesmo cheguei a me corrigir. É. Em Santo Antão eu falava "pobrema". Aí, quando cheguei em São Paulo, escutei umas pessoas falando "poblema", de maneira que eu sozinho percebi de que eu falava errado, não foi com ninguém me corrigindo, não. Mas foi só depois da Fatinha de que eu escutei direito e percebi desse bendito desse R. É. E foi ela de ter me corrigido. Estudada, a Fatinha. Tinha faculdade e tudo. E ela não tinha medo, não, porque ela me respeitava. Se alguém respeita as pessoas, é até bonito quando ele corrige, dá um conselho, enfim. O problema... Viu só? Agora eu falo "problema". O problema é quando é sem respeito. Quando fulano fala pra se julgar melhor do que os outros, aí eu me enfezo! Agora, tem uma palavra de que não tem cristo de me fazer falar. "Dibre". É. De futebol, de dibrar. Eu sei de que eu tô falando errado, mas a língua trava de falar certo. Acho daté ser por isso deu nunca ter gostado de futebol. Não. Nem de jogar. Em Santo Antão, até meus primos, de que eram mais novos do que eu, jogavam. Eu nunca vi graça. Mas, ó, mesmo jogador, pode reparar que 99,9% deles, mesmo os de que sabem dibrar, falam "dibrar" em vez do certo. Né não? Esse é que é o problema da língua brasileira. É muito complicada, e o povo não tem educação. Por isso de que todo mundo fala errado. De que tem essas gírias aí. Eu, se fosse algum doutor ou coisa e tal, ia inventar um jeito de facilitar a língua, de maneira a todo mundo falar certo. Aí o pobre ia se sentir menos pobre quando falasse com um rico. Por exemplo, o "dibrar". Eu sei de que tem um L no meio, mas a língua não sabe. Se eu quiser falar certo, vou acabar falando "dribar", aí fica mais feio ainda. É que nem "garfo". Já peguei até pobre com mania de grandeza falando "galfo". Vê se pode! Essa coisa do R e do L um perto do outro tinha de acabar. É que nem água e óleo. Tipo assim... Pera aí, deixa eu pensar. Não sei, essa palavra é fácil, mas é só pra dá' um exemplo. Olha só, "triplo". De "três". Se fosse eu, tirava ou um ou outro. Ou o R ou o L. Ficava, tipo assim, "tiplo"... ou "tripo"... Não, acho de que eu não escolhi uma palavra boa, não. Mas toda regra tem sua exceção, né? Vamos continuar conversando, de que uma hora aparece uma palavra mais certa preu usar de exemplo. Quando a gente fica pensando muito numa palavra, aí é de que ela some, só de pirraça. Inda bem deu ser esperto e pensar logo noutra parecida. Mas nesse caso aqui é diferente, é um exemplo, não é uma conversa. Quer dizer, é e não é. Xi! Acho de que o porre tá voltando. Onde é de que eu tava, mesmo? Á, sim. Nos caras de que põem a culpa na bebida. Olha só. Eu sou da seguinte opinião de que a maldade tá dentro de todo mundo. Até dos santos, de que o pastor já explicou deles não serem santos droga nenhuma. Mas nem o pastor é, né? Então? Todo mundo tem a maldade e o bem dentro de cada um. Até uma criança. Você já viu como uma criança, quando pega um animalzinho, gosta de machucar o bicho? Eu mesmo, se eu disser de que nunca fiz isso, eu vou tá' mentindo. Mas faz tempo, quando eu era criança. E era com inseto. É. Formiga. Eu gostava de... A formiga não tem aqueles carocinhos, não tem? Então? Você chega quase a não saber onde é a bunda e onde é a cabeça, não é? Então? Eu gostava de amassar a bunda dela e ver ela se arrastando. Não. Matar eu não matava, não. Mas, verdadeiramente, eu acho de que é até mais cruel não matar. Porque, quando a gente mata, o bicho deixa de sofrer, mas, se ele fica aleijado, aí deve de sentir uma dor da miséria, né? Olha só a Cidinha. Coitada! Agora, pelo menos, tá em paz. Se tem alguém de que foi santa, foi essa. Nunca reclamou de nada. Nem da morte da mãe, nem deu não levar ela pra escola. Verdadeiramente, acho até de que na verdade ela deu graças a Deus deu não ter levado ela. Imagina só o quanto a bichinha não ia sofrer. Eu, de que sou eu, nos meus tempos de escola, sempre riam de mim. Diziam sempre, "Olha lá o branco filho da preta! Filho da preta! Filho da preta!". Pra mim, isso era igual se tivessem dizendo "filho da puta! Filho da puta!". É, eu sei de que não é, mas pra mim era. Á! Outra coisa de que eu fazia, mas isso eu não acho nem de ser maldade. Até porque todo mundo fazia. É comer animal. Não de comer comido, cozinhado. Não. Comer vivo. Foder. Meter. Trepar. Transar. Tá me entendendo? Vai dizer de que você nunca fez? Nunca? É, talvez aqui em São Paulo seja diferente, mas, lá em Santo Antão, todo moleque quebra o cabaço com bicho. É. Cabrita. Mas isso já com uma certa idade, não é mais criança, não. Também, tem outra, a criança não ia alcançar, né não? É ou não é? Aí ia ter de botar uma escada. E vai de que a cabrita dava um coice... Aí, o estrago ia de ser feio. Além do que o pauzinho do moleque, mesmo com escada e tudo, não ia de chegar. Mas então? Eu contei aquela história... história não, de que foi um acontecido... daquela de que quebrou meu cabaço, a Raimunda, lembra? Contei, não contei? Então? Porque acontece da gente só considerar de ter quebrado o cabaço com mulher, né? Já pensou a gente dizer por aí de ter quebrado o cabaço com uma cabrita? Então? Mas eu, verdadeiramente, preferia as galinhas. Não, pô! Claro que eu prefiro mulher, tô falando de bicho. De bicho, eu preferia as galinhas. Mas nessa época eu já tinha o pau meio grande, de maneira que cheguei daté matar algumas galinhas quando tava comendo elas. Por isso de que eu me resolvi a comer cabrita. Não de que eu preferisse, é de que as cabritas não morriam. Já pensou a mãe fazer uma galinha pra gente comer de que tivesse morrido porque eu tinha comido? Vixe maria! Olha só como eu pulo de assunto em assunto. Tava falando da bebida, né? Da maldade. Então? A maldade, verdadeiramente, tá dentro do ser humano. Por exemplo, quando um fulano faz alguma coisa errada e diz de ter sido porque tava bêbado... Mentira! Ele já tava com vontade de fazer, só não tinha coragem de assumir, aí foi lá, bebeu, depois fez a merda e saiu dizendo de ter sido o demo, de que tava bêbado e sei lá mais o quê. Uma coisa de que eu nunca acreditei foi em demo entrar na pessoa. Isso aí eu ficava queto quando eu via no culto, mas acreditar eu nunca acreditei. Não, senhor. Eu ficava era olhando bem pra cara das pessoas de que diziam de tarem endemoninhadas e não tinha cristo de me fazer acreditar. É que nem a bebida. Não acredito. Não acredito e não respeito. Já vi história de homem de que pegou a mulher na cama com outro e na hora não fez nada. Depois foi pro bar, bebeu, voltou e matou a mulher, quando o amante já tinha ido embora. Isso é homem? É um frouxo, isso sim! E, além de tudo, quis aplicar pra cima da polícia de que foi por causa da bebida. Tomara de na cadeia terem comido o fiofó dele pra aprender de ser homem de verdade. E a maioria são nordestino. Cabra da peste. Isso aí é outra coisa de que eu não falo. E até quando eu escuto de que o sujeito é um cabra da peste, eu dou é risada. Olha só, vou te falar uma coisa pra você. Eu sou nordestino, quer dizer, fui. Mas a verdade é de que eu, verdadeiramente, eu não gosto muito de nordestino, não. De verdade. Não chega a ser que nem de preto, mas é quase. São tudo uns inguinorante. Tudo. De dez se salva um. Você percebeu de que eu nem tenho sotaque? É. A primeira coisa de que eu fiz quando cheguei aqui foi aprender a língua paulista, que é mais civilizada. Vê só a diferença dum nordestino falando prum paulista. Você percebe logo. O paulista, todo mundo respeita, já o nordestino... E outra, dificilmente você vê um nordestino rico. Não é? Agora, vai ver quantos paulistas tem na favela. Nenhum. Só preto e nordestino. Quer dizer, agora tem, porque o nordestino a única coisa de que sabe fazer é meter, de maneira que na favela tem paulista, mas é paulista filho de nordestino, daí não conta. Se tirar os nordestinos e os filhos de nordestinos da favela, tá resolvido o problema das favelas em São Paulo, porque daí as favelas acabam. Quer dizer, fora os pretos. Mas preto não pode ser considerado nem paulista nem nordestino. É uma outra categoria. E ó, isso eu não aprendi não foi em livro, não. Foi na rua. Por isso de que eu aprendi a língua paulista. Olha só pra mim, "Seu Isidoro. Motorista". Viu só? Agora o sujeito de que fala de que é cabra da peste são tudo uns fodidos. Uns cornos. Por isso de que eu digo, olha só, de que essa também eu pensei comigo mesmo, "o pior pecado do ser humano é a burrice". Você pode de ser tudo na vida, ladrão, maconheiro, estruprador, mendingo... É, essa é outra. É mendigo, né? Pois é.

Essa é outra palavra de que eu mudava. Não conheço uma pessoa de que fale certo. Todo mundo fala "mendingo". E, verdadeiramente, pra falar a verdade, além de todo mundo falar, é uma palavra bem mais bonita. É ou não é? Olha só eu falando, "men-din-go". Bonito pra chuchu! Mais completa. Agora olha a outra, "men--di-go". Não parece de que tá faltando alguma coisa? Não parece? Parece. Essa é daquelas que a parecensa parece o contrário. O que fala certo parece de tá' falando errado, já o que fala errado parece de tá' falando certo. Eu, por mim, mudava essa já pra "mendingo" e se acabava a história. Quer saber? Eu, com um pouquinho mais de estudo, ia era ser professor. Quer dizer, professor, não, de que professor só sabe ficar papagueando o que tá nos livro. Eu ia era escrever os livros de quem fosse estudar. É. Quê? Não, aí já é outra coisa. Aí você já tá é colocando as palavras na minha boca. Deixa eu te explicar uma coisa pra você, quando eu falei de livro não ter importância, eu tava falando desses de mentira. De que o sujeito não tem nada de que fazer e inventa uma história e diz de ser escritor, e só acaba é botando minhoca na cabeça das pessoas. É. Eu, se fosse político, acabava com essa história de escritor. Sim, senhor. Já percebeu de que esses tal desses escritores não trabalham? Não já? Então? O sujeito fica só em casa, coçando o saco e escutando falar da vida alheia. Daí, quando escuta uma história que foi assim--assado, inventa um caminhão de coisa em cima daquele ocorrido, de maneira que o acontecido de que ele ouviu acaba virando uma coisa completamente diferente. Sim, senhor. É que nem aquela brincadeira de que as crianças gostam de... quer dizer, gostam, não, de que hoje em dia ninguém brinca mais disso, gostavam. É. De que as crianças gostavam de brincar. O tal do telefone sem fio. Lembra? É ou não é igual? O primeiro falava uma coisa no ouvido do segundo e o segundo falava no ouvido do terceiro, daí, quando chegava no último, de que ele tinha de falar pra todo mundo do que tinha escutado, a história já era outra, completamente diferente do que o primeiro tinha falado. E daí você vê como o ser humano já gostava de inventar uma mentira desde criança. Pois é. A mentira é própria do ser humano. E, no meio dos mentirosos, o mentiroso maior é o escritor. Isso quando não é um escritor de que inventa as coisas da própria cabeça, sem escutar nada de ninguém. Daí é necessário da pessoa ser vagabundo mesmo, de ter tempo de ficar pensando bobagem de escrever num livro. Eu, se não precisasse de trabalhar de ganhar a vida, ia ser escritor. Mas então? Á! Eu tava falando era de livro de escola. É. De que, se eu tivesse estudado mais um pouco, ia de ser escritor de livro de escola. Porque aí eu ia era de inventar umas regra nova. De maneira a facilitar o ensino e acabar com essa distância entre o pobre e o rico. Sim, senhor, porque aí, com a língua brasileira feita de maneira a facilitar as palavras, todo mundo tinha de falar certo. Então? Esses livros aí são importantes. Sim, senhor. Não é igual de um livro inventado por um vagabundo qualquer. Cê tá me entendendo? Então? Eu sou meio assim desse jeito, de ficar pulando de assunto em assunto. Mas eu tava explicando a frase de que eu inventei. Aquela de que "o pior pecado do ser humano é a burrice". A pessoa pode de ser tudo de rúim na vida e se dá' bem, mas, se ela for burra, pode daté fazer faculdade, de que se fode. E pode daté ser rico. É. Burrice não é sinal de pobreza, não. Claro de que tem mais pobre burro do que rico, mas já conheci muito rico burro. Inclusive, trabalhei prum como chofer, mas isso é mais pra frente. Então? Eu tava falando mesmo de quê? Á, dos cabra da peste. Por falar em cabra da peste, eu lembrei agora dum acontecido engraçado de que aconteceu lá em Santo Antão. De que trata justamente disso, de valentia. Lá em Santo Antão, tinha um sujeito de que era metido a valentão, desses de que quando entrava num bar os outro saía tudo. Esse cara apareceu do nada. Chegou um dia, entrou num bar, pediu uma cachaça, bebeu, depois pediu outra, bebeu, depois disse de que não ia pagar nada e foi embora. O dono do bar ameaçou de fazer alguma coisa, mas, quando olhou bem no olho dele, reparou dele ser meio, tipo assim, fora das ideia, sabe como é? Não batia bem das bola, não. Aí ele, o dono do bar, achou melhor de deixar pra lá. Mexer com doido só dá resultado pro doido. Então? Aí, no dia seguinte, ele voltou. Pediu uma cachaça, bebeu, depois pediu outra, bebeu, aí pediu a terceira e bebeu. Só tomava de três. Aí, nesse dia, ele disse, "Num tô vendo nenhum homem aqui dentro". Aí ficou aquele silêncio. Imagina, o sujeito chegar num bar e sair dizendo um negócio desse. Teve um de que se queimou e se levantou-se, mas, quando pensou de abrir a boca, levou com uma mãozada no pé da orelha de cair desmaiado. Aí, o valentão disse, "Tem mais alguém de que quer também?". Ninguém deu um pio. Ele olhou pro dono do bar e disse, "Hoje eu também não vou pagar nada. E amanhã eu volto. Se tiver algum homem aqui de se bater comigo, mande avisar de que eu vou tá' aqui nessa mesma hora". Parecia de ser filme daqueles de caubói, sabe como é? Então? Naquele tempo não tinha esse negócio de polícia, não. Quer dizer, ter tinha, mas ninguém usava. É. Não servia de nada. Quase igual de hoje, de que tá voltando das pessoas não quererem mais chamar a polícia. Mas, naquela época, era sinal de covardia. De que se uma pessoa chamasse a polícia ficava logo desacreditada. De maneira que no dia seguinte o sujeito voltou e tomou suas três cachaça e fez um farol danado e foi-se embora de novo sem ninguém abrir a boca. O dono do bar, em vez de tomar alguma atitude, fez foi aumentar o preço da cachaça. Foi o jeito de que ele arrumou de descontar o prejuízo. E, rapaz, agora foi de que eu pensei de ter muita gente fazendo isso até hoje. É ou não é? Por exemplo, o rico não paga nada, imposto, essas coisas, aí fica mais rico. Daí, alguém tem de pagar pelo que o rico não pagou. Quem? O pobre. De maneira que o rico fica mais rico e o pobre fica mais pobre. Você lembra da época daquele presidente de que foi expulso? Não lembra? O tal do Collor? De que, quando entrou no poder, foi logo pegando o dinheiro das poupanças do povo? Então? Pegou de todo mundo, só que depois devolveu o dinheiro dos rico e deixou os pobre chupando o dedo. Mas você sabe de que até eu achei ele um bom presidente? Pelo menos, ele foi logo roubando dentro da lei. Chegou, peitou todo mundo e falou de que ia pegar de ajudar o país e de que depois devolvia. Melhor do que esses de que tão hoje por aí, de roubar escondido, achando do povo ser burro. E é mesmo. Burro. O povo. E quem vai dizer de não ser? Mas então? Onde foi de que eu parei? Á. Tava falando do sujeito valentão, de que tomava as pinga e não pagava. Então foi de que apareceu um outro sujeito na cidade. Tinha um chapeuzão vistoso e tinha bem no meio do chapéu escrito o número cem. Não, não era em letra, não. Era em número, 100. Um zero zero. Então? O sujeito chegou por ali assim, perguntando pra um e pra outro onde era de que tinha um lugar dele encontrar pousada, e perguntou pra um e pra outro, até de que disseram e ele foi. Era uma pensãozinha de que tinha lá. Enfim. Só sei de que o sujeito passou a noite, e de manhã, na hora da merenda... É. Aqui é café da manhã, lá é merenda. Na hora da merenda, a dona da pensão ficou ali encafifada com aquele número cem no chapéu do sujeito e ficou ali e acolá, e você sabe de que, quando uma mulher fica curiosa, não tem ninguém de tirar a curiosidade dela, de maneira que ela criou coragem e foi assim, desse jeito, toda melosa, tratando o homem com a maior das gentilezas, puxando um papinho furado, até de que criou coragem e perguntou, assim no meio do assunto, como quem não quer nada, do que era aquele número no chapéu do sujeito. O homem levantou a vista e ficou assim quase um minuto olhando pra dona sem dizer nada, dela ficar até com vergonha, até que por fim o homem disse de que tinha sido cem surras. Rapaz, vou te falar uma coisa pra você, eu não vi, de que essa história... história, não, acontecido. De que aconteceu mesmo. Esse acontecido não é do meu tempo, é um desses de que fica sendo repetido de boca em boca, não sabe? Dessas coisas de que o povo fala por aí e chega uma hora de não ter mais um vivo de ter visto e ela continuar sendo contada. Mentira? Não, mentira não é, de que quem me contou foi o meu pai. Não, ver ele não viu, quem viu foi o vô dum amigo dele, mas diz de ter sido verdade, porque o meu pai nunca foi de mentir. Então? Onde era de que eu tava, mesmo? Á, sim. Então? Essa dona ficou toda sem jeito, de que não teve mais coragem de perguntar nada. Quer dizer, não perguntou mais nada pra ele, mas você sabe de que, quando a língua de uma mulher começa a coçar, não tem diabo de que segure dela não falar. De maneira que a fama do homem começou a correr Santo Antão. Só que do que ninguém sabia era de que esse sujeito tinha um segredo. Não sei se ele era da Paraíba ou se era de Pernambuco mesmo, quer dizer, possa ser de que fosse até do Piauí, enfim, só sei de que essa história das cem surras eram cem surras de que ele tinha levado! É. Esse sujeito era tão atrapalhado, quer dizer, atrapalhado, não, azarado. Aliás, acho mais é de que era burro, porque pra levar cem surras... De maneira que, quando levou a surra de número cem, foi embora da cidade e escreveu o número cem no chapéu, de que era dele nunca mais esquecer das surras de que ele tinha levado. E ele jurou pra ele mesmo de que aquela de número cem havia de ser a última. Então? Sim, voltando pro valentão, teve um dia do valentão ir tomar a sua cachaça de graça no mesmo bar de sempre, e chegou e pediu a primeira e tomou e pediu a segunda e tomou e, quando ele acabou de tomar a terceira, o dono do bar, de que era um sujeito desse jeito meio da categoria de pessoa de que dá uma risadinha assim com o canto da boca, sabe como é? Então? Desse tipo de gente de que não tem coragem de fazer nada, mas gosta de fazer intriga de ver os outros se dando mal, sabe como é? Por aí tá cheio de gente dessa categoria. Então? O dono do bar deu aquela sua risadinha e pediu desculpa de atrapalhar um sujeito tão ocupado que nem era aquele valentão, mas de que ele tinha ouvido dizer de um sujeito de que tinha já dado surra em cem homens e de que tava atrás dele. É. Inda disse de que o sujeito tinha o número 100 escrito no chapéu de que era de não perder a conta e de que tava doido de mudar o número pra 101. E olha como era maldoso o homem, de que isso foi ele de que inventou. Então? O valentão ficou assim meio desconfiado, olhou prum lado, olhou pro outro, e, quando ele olhava pra cada um de que tava dentro do bar, o sujeito abaixava a vista, sabe como é? Assim meio desconfiado. De maneira que ele pediu a quarta cachaça e tomou e disse, "Essa aqui não é de graça, não. Essa aqui é pra tu botar na conta desse valentão", aí deu outra olhada assim de redor no bar inteiro, de que era de saber se todo mundo tinha escutado, aí, quando percebeu de que tava todo mundo ouvindo, ele inda disse assim, "E serve mais uma dose pra cada um de que tá aqui dentro, na conta desse valentão. E manda dizer presse cabra de que se ele não vinher pagar essas cachaça amanhã, ele é um homem morto". Rapaz, aí você vê de que às vezes quem quer demais acaba perdendo até do que tem. Você veja o caso desse dono do bar. Se tivesse ficado queto, o prejuízo de que ele tava tendo... Quer dizer, nem prejuízo ele tava tendo mais, de que já tinha aumentado a validade da cachaça. Precisava de ter ido mexer com quem tava queto? Pois então? Aí, eu vou te falar uma coisa pra você, olha só como é a língua do povo. De que nesse tempo inda nem existia telefone... Quer dizer, existir, se eu disser de que não existia, aí eu vou tá' mentindo, possa ser de que já existia, o fato é de que ali inda não tinha chegado.

De que era uma região atrasada. E até hoje deve de ter região por ali de que não chegou ainda. É. O telefone. Então? Mas não deu dez minuto e a dona da pensão já tava falando pro fulano das cem surras de que tinha um sujeito assim e assado de que fazia bem não sei quanto tempo de que tava tomando cachaça de graça no bar de sicrano e de que tinha espalhado de que era tudo na conta dele. Não. Era na conta desse daí, o do número cem. E de que, se ele não fosse lá no bar pagar no dia seguinte, de que a vida dele deixava de ter validade. Olha só pra você ver como o povo não vale nada. Então? Só sei de que nessa noite o sujeito do número cem não pregou o olho. Á, sim, e o pior era de que aquele número de que ele tinha feito no chapéu era uma promessa. Aí, ele pensou de que, se ele fosse quebrar a promessa e levar outra surra, de que era melhor dele morrer. Então, ele se arrumou de fugir de madrugada, enquanto tava todo mundo dormindo, de não quebrar a promessa. E olha de que quase ele foi, só acabou não indo porque ele pensou de que se ele fugisse ia ser a mesma coisa de ter apanhado, de maneira que acabou ficando. Ele pensou de que se tivesse de apanhar a de número 101, em qualquer lugar pronde ele fosse, a surra ia atrás dele. De maneira que ficou. Só tem de que, verdadeiramente, pra falar a verdade, o sujeito de que ficou já naquele momento deixava de ser o mesmo sujeito de que quis ir embora. Não entendeu? Vou explicar. É o seguinte, esse sujeito, esse do número cem, era um medroso. E burro. Só tem de que ele era uma pessoa de muita fé. De maneira que ele pensou de que, se fosse quebrar a promessa, aí ele passava a não ter nem mais o respeito de Deus. De maneira que, se ele fugisse, no dia de que ele morresse, ia ter de prestar conta desse dia e, no fim, podia inda acabar indo pro inferno. De maneira que eu acho até dele ter pensado o seguinte. Você veja só o pensamento de que ele teve. Quer dizer, isso eu não sei se ele pensou, se eu disser de que sei, aí eu vou tá' mentindo. Isso quem pensou de que ele pensou fui eu. Mas veja se eu não tô certo. Eu acho de que ele pensou de que se ele fugisse e depois de morto fosse acabar indo pro inferno, mesmo depois dessas cem surras... Quer dizer, aí ele já tava considerando como se fosse 101. Então? Depois de tudo isso, se ele inda fosse pro inferno, de que era melhor ele enfrentar logo esse sujeito, nem que houvesse de morrer. Pelo menos aí ele morria, mas não quebrava a promessa. Entendeu? De maneira que ele, medroso do jeito de que era, de tanto medo de Deus, acabou tendo de ser valente de enfrentar o valentão. Daí que o sujeito de que acordou no dia seguinte aí ja era outro. Então? Rapaz, no dia seguinte, quem apareceu primeiro foi o valentão. E chegou todo todo, parecendo de que tava mais valente de que nos outros dias. Pediu a cachaça e, quando ia beber, pediu foi logo uma rodada pra todo mundo de que tava ali. Sim, senhor. De novo. E disse de que era tudo na conta do Cem. É. Chamou o outro de

Cem. Vê só a ousadia. Já chegou botando apelido no outro. Então? Aí, quem passou de ficar preocupado com aquela história toda foi o dono do bar, né? Enquanto a merda não fedia pro lado dele, era até engraçado, mas, quando o vento mudou, aí deixou de ter graça. Ele até ameaçou de dizer alguma coisa, mas o valentão deu uma encarada nele e ele abaixou as orelha. Ele era dessa categoria de gente. Então? O tempo passou e passou e o valentão bebeu e bebeu e nada do Cem aparecer. E o valentão, cada vez de que bebia mais, ia ficando mais valente, dizendo desaforo, de que ia fazer isso e aquilo, de que já tinha gente mijando nas calça dentro daquele bar só de medo das barbaridades de que o valentão tava dizendo. Até que a tardinha foi caindo e caindo e, quando pensou de que não, já tava escuro. Aí o valentão, já com a voz toda melosa de bêbado, falou, "Se esse cabra não vem até aqui, eu vou lá onde ele tá, e é agora". Quando ele fechou a boca, uma voz disse, "Não carece não, seu moço. De que quem tu tá procurando chegou". Era o Cem de que tinha aparecido na entrada do bar. E o engraçado foi de que, ali onde ele tava, tava escuro, porque ele tinha ficado do lado de fora, não sabe? De maneira que o valentão não podia ver bem a cara do homem. Aí o Cem falou de novo, "Vamo resolver esse assunto aqui fora", e foi virando as costa. Isso já era desaforo, de que um sujeito quando vira as costa pra outro sujeito de que vai brigar é sinal de que não tá respeitando.

Aí o valentão se espevitou e se levantou-se. Só teve de que, na hora de que ele começou a andar, as perna pareceram de que não obedeciam ele, porque ele passou a tarde bebendo, e sentado. E você sabe de que, quando uma pessoa passa muito tempo bebendo sentado, quando ela se levanta, isso é coisa comum de acontecer, não sabe? Já aconteceu até comigo. Com você não já? Comigo às vezes acontece. Mas então? Onde é que eu tava mesmo? Sim. Aí, o valentão começou a andar tropeçando nas próprias pernas e, quando chegou lá fora, de que aquela escuridão cegou ele, o sujeito desmaiou. É. Caiu com a cara no chão. Aí o Cem ficou ali, sem saber do que ia fazer, de maneira que não fez nada. Só ficou ali pensando na vida, nas cem surras de que tinha levado e na promessa de que tinha feito, até de que se resolveu a chegar mais perto donde tava o valentão. Deu uma risada, de que não era bem uma risada, era tipo assim uma careta, não sabe? Aí, puxou o outro pelos cabelo e deu uns dois tapa na cara do valentão, de que era prele acordar. Quando o outro recuperou a razão e viu a situação, tava tão bêbado, de que não lembrava de nada, e achou foi de que tinha levado uma surra do Cem, de maneira que foi logo gemendo, "Não me mate, não, pelo amor de Deus, de que eu tenho família, não me mate, não", de maneira que o Cem se achegou-se a cara bem perto da cara do valentão e disse desse jeito, "Lhe dou cinco minuto de sair dessa cidade e nunca mais botar os pés aqui, visse? Ou eu lhe mato sem dó nem piedade". Rapaz, eu vou te falar uma coisa pra você, esse homem saiu numa carreira tão desabalada, de que eu acho até da bebedeira ter passado ali naquele minuto. Deve de tá' correndo até hoje. É por isso de que eu digo de que no cemitério tá cheio de valentão. Sim, senhor. Não de que eu seja um moleirão. Isso, não. Mas, quanto mais se arrota valentia, mais a vergonha é grande na hora da vergonha. Cabra da peste? Sei...

Vamos voltar pro caminho, né? Então? Onde é que eu tava, mesmo? Á! Eu tava falando de quando eu fui morar na pensão e arranjei outro emprego, né? Nesse tempo foi de que eu tirei minha carta de motorista. É por isso de que eu digo de só Deus ser meu amigo. E o dinheiro. Foi assim, na pensão onde eu morava, toda manhã os moradores da pensão se reuniam de tomar o café da manhã. Isso é coisa de que nem existe mais hoje em dia, mas nessa época tinha. A gente acordava cedinho, todo mundo trabalhava, né? Aí, a gente conversava. Todo mundo era amigo. Quer dizer, amigo não, de que amigo mesmo só Deus. E o dinheiro. Todo mundo era colega. É. Colega. Quem fazia o café era a dona da pensão, a dona Mercedes. Era uma argentina. Viúva. Velha? Não, velha, se eu disser de que ela era, eu vou tá' mentindo, mas nova também não era. Mas, naquela época, a gente pode até dizer de que era, porque naquela época uma pessoa com 50 anos a gente dizia de que era velho. Hoje tudo tá mudado. Olha só eu. Eu tenho 50 redondo, completei hoje, e ninguém me chama de velho. Então? Ela devia de ter uns 50 e poucos. Era gorda, não vou dizer de que era magra, não, porque aí eu vou tá' mentindo. Era gorda. Mas era jeitosa. Perfumada. Inda hoje, de vez em quando, quando eu saio na rua e sinto alguém usando o mesmo perfume dela, inda reconheço. E era loura. E se tem uma coisa de que eu gosto é duma loura. Só tinha de que era todo cacheado, não era escorrido não. O cabelo. Então? Ela fazia o café... Olha só. Lembrei duma palavra danada de feia de que todo nordestino fala, merenda. Já viu nordestino falar café da manhã? Não tem um. É um tal de "merenda" pra lá, "merenda" pra cá, de dá' até enjoo. Eu falo na língua paulista, "café da manhã". Quê? Já tinha falado? Mas então? Voltando ao assunto. Já adivinhou, né? Não é de que a danada da velha se resolveu a dá' pra mim de qualquer jeito? Sim, senhor. Eu, no começo, fingia de não ser comigo, mas depois, logo depois de que eu fui despedido daquele emprego e arranjei o outro, de datilógrafo, eu fiquei meio dum jeito meio assim com a cabeça virada, sabe como é, né? Eu era moleque, pô! Á! Olha só outra palavra, datilografia. Puta que pariu! Pra que uma esculhambação dessas? Datilografia. Eu, graças a Deus, sempre falei certo, mas a maioria das pessoas de que eu conheci falavam "tilografia". Tinha delas de serem até datilógrafas e dizer de serem "tilógrafas". Eu, se dependesse de mim, mudava logo pra "tilografia" e pronto. Acabava a história. Até porque chega a ser até rúim de falar mesmo. Olha só, "máquina de datilografia". Se falar só "máquina da tilografia" não tem o mesmo efeito? Não tem? Tem ou não tem? Tem. Então? E aí chega a ser até engraçado de que quem fala certo é de que ia de tá' falando errado. Quê? Então? Eu tava falando de que na época eu era moleque, e moleque é cheio de curiosidade. E eu não vou dizer de que não tivesse curiosidade de saber como era comer uma coroa, senão eu ia tá' mentindo. Coroa e loura. Eu nunca tinha comido uma loura. Só puta. Aliás, a primeira puta de que eu comi quando cheguei em São Paulo foi uma loura. Nem era bonita. E era paraibana. Um caralho. Vim de lá do meio do sertão pra São Paulo, e comer uma paraibana? Mas era loura, né? Aí depois, no mesmo puteiro, conheci a Délia, e do resto você já sabe, né? Então? A Mercedes. A Mercedes não morava lá na pensão, não. Ela vinha todo dia de manhã, de carro, e só voltava pra casa de noite. Foi numa noite dessas de que ela me levou pra casa dela no carro dela. Quer dizer, levou, não, de que era eu de que tava dirigindo. Eu falei pra ela de que já tinha dirigido na minha cidade e ela fingiu de duvidar só preu pedir de dirigir. Era uma Brasília. Na época, era um carrão. E o engraçado foi de que eu é que tava com medo. Ela não. Cada barbeiragem de que eu fazia, ela ria. Aí, eu ficava mais nervoso ainda. Mas chegou uma hora de que ela falou pra mim relaxar e colocou a mão no meu pau, por cima da calça. Daí, eu lembro como se fosse hoje de que ela falou só uma palavra, "Madre". É. E chega a ser até engraçado, que padre não casa, né? Mas na hora dela pegar pela primeira vez no meu pau, foi da mulher do padre de que ela lembrou. Então? Aí, ela abriu o zíper e tirou ele pra fora e começou a bater uma punheta pra mim enquanto eu dirigia. E, por falar em padre, nesse dia foi Deus de que ajudou. Com certeza! Inda bem deu ser forte e ter aguentado. Na hora de que eu ia gozar, encostei o carro numa ruazinha e lembro como se fosse hoje de que eu cheguei até a subir na guia, faltando isso pra bater num poste. Só teve de que depois eu fiquei com a maior vergonha, porque minhas pernas tavam tremendo tanto, deu não conseguir mais dirigir e ela ter de levar o carro durante o resto da viagem. Foi a primeira vez de que eu comi uma coroa. E gorda. Mas, vou te falar uma coisa pra você, a mulher era um vulcão. Acho de que fazia anos dela não meter, porque, se eu não sou forte, não aguentava. Juro por Deus. E o engraçado foi de que aquela carne toda me deixou foi com mais tesão ainda. A mulher tinha uns peitão desse tamanho! Acho de que foram os maiores de que eu já coloquei a boca. Tudo bem de que uma coisa ou outra parecia meio fora de esquadro, mas no geral foi uma fartança. Inda mais pra mim, moleque do jeito de que eu era, cada nova experiência era uma festa.

Depois disso, foi mais uma de que me adotou. Tirei minha carta de motorista com o dinheiro dela e vira e mexe lá tava eu passeando de Brasília nos fins de semana, com uma loura de que bem podia de ser minha mãe. Duma coisa eu nunca vou esquecer, quando eu metia nela, ela gritava, com aquele sotaque engraçado, "Ai, que rrrico!". Rico eu não fiquei, mas fiquei quetinho na dela, de não fazer a mesma besteira de que tinha feito com a Délia. A essas alturas, eu já tinha percebido de que eu tinha uma certa vocação das mulheres quererem me adotar, de maneira que eu me resolvi a aproveitar esse dom. Não de que eu achasse isso certo, se eu disser de que achava, aí eu vou tá' mentindo, mas eu era moleque, né? Moleque, mesmo sabendo de que tá fazendo coisa errada, faz. Mudando de assunto, você vai me desculpar, mas, desde que você chegou, eu tô sentindo um frio da miséria, e olha de que se tem uma coisa de que eu não sou é friorento. Não. Eu não ia nem falar, porque não sou de fazer desfeita com visita, mas é de que agora, com essa falação toda, eu tô até batendo os dentes. E chega a ser até engraçado, porque tem vez de que todo mundo tá de blusa de lã, cachecol, luva, gorro e o escambau, e eu tô assim de camisa. Acho de que isso é da natureza do nordestino. Pode ver por aí, não sou só eu, não. Se você sai por aí num dia frio e vê um sujeito sem blusa, pode crer de que é nordestino. Mas tem de que hoje eu acho até de que eu tô doente, não sei se foi o porre, mas acho de não ter sido, não, porque quando eu bebo eu fico é com mais calor. Que diacho! De maneira que você vai me dá' licença deu ir ali no quarto pegar um cobertor. É porque eu quase não tenho roupa de frio. Mas a gente não precisa de parar a conversa, não. O meu quarto é ali, ó. Sabe de que você não me é estranho? Quê? Tem certeza de que a gente nunca se viu por aí? Eu tenho isso de que chamam... Como é que é mesmo? Isso! Memória fotográfica. É. Nunca esqueço dum rosto. Já sei, acho de que foi no... peraí... Onde é que foi de que a Cidinha botou as cobertas? Aquela miserável! Se tem uma coisa de que eu detesto é de procurar uma coisa de não achar. A Cidinha tem esse defeito. De guardar as coisas no lugar de que eu nunca sei onde é... Á, tá aqui! Mas repara de que eu tô suando. Chega a ser até engraçado eu suando e com frio. Quê? Não, não é por causa do remédio, não. Nem da bebida. Misturar? Que nada, sempre tomei remédio e bebi e nunca fez mal. Isso é besteira de gente medrosa. Tem vez até deu tomar um comprimido com vinho. Pronto. Agora melhorou um pouco, mas o frio inda tá grande. Caramba! E chega a ser até engraçado, que as janelas tão tudo fechadas, reparou? E hoje não tá nem parecendo de ser uma noite fria. Será de que eu tô ficando velho? Quer dizer, claro de que hoje eu tô um ano mais velho, mas inda tenho muita lenha pra queimar. Então? Eu ia dizendo de que o seu rosto não me é estranho. Sim. Não foi quando eu era taxista, não? Uns tempos eu fui taxista, mas eu sou assim meio desse jeito, de maneira que pensei comigo de que eu nunca tinha visto um taxista enricar. Você por acaso já viu algum taxista ficar rico? Não? Então? Nem eu. Aí, eu analisei bem e vi de não ser aquilo de que eu queria pra mim, não. Olha só, você tem certeza de que não quer nem um golinho, não? Não? Você que sabe. Não precisa de ficar acanhado. Se mudar de ideia, não precisa nem de pedir, tem outro copo aqui e é só botar. É. Copo. Pra mim, tudo eu tomo no copo. Pode ser café, vinho, o que seja. Economiza louça. Gente metida a rica de que tem a mania de beber cada coisa num copo diferente. Eu sou assim meio desse jeito, de maneira que penso de que, se eu não devo nada pra ninguém, posso beber meu vinho no copo de que eu quiser. É ou não é? É. Até em xícara, se for o caso. Não bebo em xícara, porque parece do sabor mudar, mas, se eu quisesse, qual era o problema? O importante é pra onde vai, do jeito de que vai não faz diferença. Minha mãe sempre dizia, e é uma grande verdade, de que a merda dos ricos deve de feder mais do que a dos pobres, porque o pobre come comida de verdade, arroz, feijão, carne... Já os rico come cada coisa, de que só de pensar me embrulha o estômago. Tipo assim, peixe cru. Onde é que já se viu comer peixe cru? Se a moda pega, não vai mais nem ter serventia o fogão. Vai ser um tal de comer tudo cru, galinha, vaca, porco, já pensou? Deus me livre!

Mas, olha só, chega a ser até engraçado eu aqui congelando de frio e você aí bem à vontade, com essa cara de gringo fazendo turismo. Se o seu brasileiro não fosse bom, eu ia dizer de você ser gringo. É. Lá dos Estados Unidos. Mas não é não, de que eu nunca vi um gringo de lá falar brasileiro bem. Não, senhor. E, cá pra nós, eu acho daté o americano eles não saberem falar bem. Com aquela língua enrolada lá de que eles têm.

Quê? Esse vermelho no chão? Ué? Será de que eu tô tão rúim assim de já tá' derramando vinho no chão sem perceber? Olha, eu não tô enxergando direito, mas não tá parecendo vinho, não! Olha só, eu também vou te contar um segredo pra você, eu tenho cinco graus de estiguimatismo. Quê? É isso aí. Essa é outra palavra de que eu mudava. Se fosse por mim, batizava de estiguimatia. Não é melhor? É. Não chega a ficar perfeita, mas já melhora uns 100%. O ser humano precisa de aprender a descomplicar. Tudo é uma complicação só. O computador, por exemplo. Nunca tive um nem nunca precisei de usar. Essas coisas muito avançadas não é comigo, não. É futurismo. É botão pra lá, botão pra cá. Que nem por exemplo esses nomes gringos de que tem por aí. Parece de só ter valor o comércio de que tiver nome gringo. Reparou? Povo mais besta! Por exemplo, você vai comer num restaurante de que você mesmo de que se serve, e tá lá escrito "sélvi sérvi". Eu dou é risada. Duvido de que lá no estrangeiro tenha algum restaurante escrito em brasileiro "cês que serve", não é? O povo, quanto mais inguinorante, mas é metido de querer falar gringo. Eu nunca precisei. Quando eu era taxista, por exemplo, se um gringo entrasse no meu táxi, ele de que se virasse de falar em brasileiro pronde ele queria ir. Eu não tava nem aí. Tinha vez do sujeito não saber falar e me mostrar um papel com o endereço dalgum hotel, aí, eu, só de raiva, dava uma volta danada de chegar lá. Não, se eu disser de que eu não tava errado, eu vou tá' mentindo, mas chega a tá' até certo. Olha só, os sujeitos têm dinheiro, o dinheiro deles vale mais do que o nosso, eles vêm aqui e não aprendem a falar nem "bom-dia"... Isso sem falar nessa dívida eterna aí de que só faz crescer. É ou não é? É. Então? Tenho ou não tenho razão? Eu me considero um nacionalista. Se dependesse de mim, eu mandava esses gringo tudo embora, ficava só os brasileiros. Tem vez do brasileiro não ter emprego, e o gringo aqui, ganhando um dinheirão sem nem falar o brasileiro direito. Á! Deixa pra lá, de que eu não posso falar de política, não, senão eu fico assim com o coração disparado. Não. A saúde tá boa, mas o diabo é sujo. Não é bom facilitar. Pra não dizer deu ser completamente sadio, tem esse tal de estiguimatismo aí. Mas, olha, eu tenho até óculos, mas tá guardado. É de que eu nunca me adaptei. Não. Dá a impressão deu ter bebido sem ter, sabe como é? Pois é. E aí você vê de que não tem ninguém 100%. Eu mesmo, por exemplo. Eu nunca fui parado pela polícia dirigindo. Eu dirigindo. Mas, se fosse, era possível daté eles me dá'em uma multa deu não tá' de óculos. Mas fazer o quê? Pra dirigir, eu não preciso, porque eu dirijo melhor do que muito quatro-olho por aí. Pra ler, eu não preciso, porque eu não leio. Quer dizer, a Bíblia, eu leio de vez em quando, mas aí é só colocar mais perto da vista e pronto. E televisão também. Óculos pra mim é que nem camisinha. Não tem validade. Não, senhor.

Então? Eu tava falando da coroa argentina. Tinha vez deu não entender direito do que ela falava, mas era até bom, porque chegava a ser uma desculpa quando ela falava alguma coisa de que eu não queria escutar. E também, naquela época, eu inda não tava com os ouvidos assim bem experientes de que eu tenho hoje. Por exemplo, eu não falo nenhuma língua de gringo, mas se eu escuto uma palavra, já sei se o sujeito é italiano, alemão, argentino, japonês, o que seja. Quer dizer, japonês já tá na cara, né? Mas os outros eu percebo na hora. Quer dizer, no caso do japonês é mais complicado. Possa ser de que seja um chinês, um coreano... De que das línguas deles pra mim é tudo igual. Daí, eu já não vejo diferença. Não, senhor. Mas as outras... Então? Mas naquele tempo eu inda era inexperiente. Moleque. Mas eu me dei bem com a Mercedes enquanto deu. Só tem de que chegou uma hora de que ficou difícil, porque se tem uma coisa de que não dá pra fingir é sexo. A mulher logo repara. E você veja só como até nisso a mulher é falsa. O homem, se não tiver a fim, ou brocha, ou dá aquela metida meia bomba. Já a mulher, tem delas daté fingir de tá' gozando sem tá'. Não é verdade? E eu sou da seguinte opinião de que aí chega a ser até burrice. Porque, se a mulher não fala nada, o sujeito não percebe de não tá' agradando, depois, se ela procura outro, aí a culpa já vai ser dela, não é verdade? Então? De maneira que ela tava envelhecendo depressa, sabe como é, né? A Mercedes. E eu tava acostumado com o filé minhom, ficar assim comendo moela todo dia é foda. É ou não é? Mas, olha só, foi ela quem me arranjou meu primeiro emprego de motorista. Se eu disser de que não foi, aí eu vou tá' mentindo. E foi justamente esse emprego de que ajudou da gente se afastar. Porque era um emprego de motorista particular. É. Coisa fina. De paletó, gravata, quepe, tudo de que tinha direito. Só tem de que tinha de dormir no emprego, de maneira que ficou cada vez mais difícil de encontrar com a Mercedes. Mas não era de dá' certo, mesmo. Não deu uns dois meses de que eu tava com esse emprego e diz que ela morreu. É. Dormindo. Do que foi, ninguém sôbe dizer, parece de que tomou uns remédios a mais e misturou com bebida, de maneira que o coração não aguentou, mas, verdadeiramente, eu não vou poder dizer exatamente do que foi. Então? Meu patrão era argentino também. Parece de que era um parente afastado do falecido marido da falecida Mercedes. Mas chega a ser até engraçado, porque perto dele a Mercedes falava um brasileiro de dá' gosto. O sujeito, não tinha cristo de que fizesse ele falar o V. É. A letra V. De viado. Por exemplo, se ele tivesse de falar "você", ele falava "bocê". No começo... depois eu me acostumei, mas no começo eu tinha de me esforçar de não rir, porque, toda vez de que ele falava o danado do "bocê", parecia deu tá' ouvindo ele dizer "boceta". Tinha vez dele dizer alguma coisa, tipo assim, "Bocê tá me compreendendo?", aí era foda. E tinha umas outras também, "mesa" era "meça", "casa" era "caça", e por aí vai. Agora foi de que eu lembrei de que ele não falava também a letra Z. Tudo era com S. Daí, que eu fico até imaginando de como deve de ser feia a língua argentina. Já pensou? Por exemplo, eu não aguentava quando ele falava, "Bamo para caça". Eu ficava imaginando se eu me resolvesse a levar ele pra caça mesmo. Aí o velho me despedia. É. Velho. Velho da cabeça todinha branca. Mas era vaidoso de que só ele. Que nem esse, eu tô pra ver. Foi esse de que me levou pra Campos do Jordão. Quer dizer, quem levou fui eu, de que era eu o motorista. Motorista, não. Chofer. Palavra bonita, né? Cho-fer. Então? Mas, até eu levar ele pra Campos do Jordão, muita água rolou. Foi o seguinte. O senhor Rossé... É. Rossé. E chega a ser até engraçado, porque escrito em brasileiro era José, que nem um zé-mané qualquer, mas, como ele era argentino, a gente... todo mundo, eu, o mordomo, as criadas, as faxineiras, os funcionários da empresa, tudo... todo mundo tinha de chamar "Senhor Rossé". Se falasse "Senhor José", ele gritava. Ficava todo vermelho a ponto de explodir e dizia, "Rossé nô! É Rossé!". E chega a ser até engraçado, porque não tinha diferença nenhuma de quando ele falava em brasileiro e em argentino. Eu dei sorte, porque fiquei sabendo de que o motorista anterior... motorista, não. Chofer. O chofer anterior, não sei por qual besteira, caiu na gargalhada quando o "senhor Rossé" falou alguma coisa, e o velho mandou ele embora na hora. Na hora. Não deixou nem dele levar as coisas. Foi botando ele pra fora, de maneira que se o sujeito não corresse ia levar uns bons pontapés até chegar no portão. Mas parece de que o sujeito era reincidente. Palavra bonita essa, né não? Reincidente. Aprendi no repórter. Então? Parece de que ele vivia rindo do jeito do senhor Rossé falar, aí, chegou um dia do velho explodir. Diz que teve de ir um irmão, ou foi o pai, sei lá, de que teve de ir lá pegar as coisas dele, e foi uma empregada de que arrumou e deixou a mala pronta na entrada. De maneira que, quando eu entrei, me contaram essa história, aí, eu não ria, mas nem se Jesus Cristo me mandasse. Teve vez deu me beliscar de não rir, porque, verdadeiramente, ele era engraçado de verdade. Teve vez deu ficar mordendo a língua, da lágrima cair, deu não rir. Juro por Deus. Mas então? Eu sou assim meio desse jeito de que eu sou, sou pessoa simples, mas gosto de falar bonito. Por exemplo, esse "verdadeiramente" de que eu falo, foi o senhor Rossé de que me ensinou. Quer dizer, ensinou, não, de que ele falava errado em brasileiro. Mas foi o único antes de mim de que eu ouvi falar "verdadeiramente". Aí, eu gostei e coloquei no meu dicionário. Mas ele falava "berdaderamente". E era "berdaderamente" pra lá, "berdaderamente" pra cá, de maneira que eu acabei gostando e me utilizando da palavra pra meu uso, também. Então? O senhor Rossé morava com a mulher e uma filha única. A mulher era um tribufu, acho de que era até mais velha do que ele, e a filha tinha puxado pra mãe. As duas eram gordas e feias, mas tão feias, de que, verdadeiramente, se elas fizessem uma plástica, inda iam de ficar feias. Acho de que até pro Pitanguy era jogo duro. A velha vivia doente e a filha vivia chorando. Diz que era uma tal duma depressão. Doença de grã-fino. De que, se fosse filha de pobre, o pai curava essa tal dessa depressão fazendo ela entrar na cinta, mas, como era rica, vivia no doutor. Quer dizer, era o doutor de que vivia nela. Quer dizer, lá. Doutor de rico, um tal de pissicólogo. Que nem a Fatinha. Só tem de que a Fatinha, antes de casar, trabalhava entrevistando as pessoas de que iam entrar na firma. É. Ela usava da tal da pissicologia de saber se o sujeito ia de se adaptar no emprego. Já esse, não. Esse só atendia rico. Sim, senhor. Duas vezes por semana ia lá e se trancava com ela numa sala, de que, se ela não fosse feia que nem o demo, eu ia achar dele tá' é se engraçando dela. Quer dizer, possa ser até de que tivesse, de que nesse mundo tem gosto pra tudo. E devia de tá' ganhando bem pra isso. Eu é de que não havia de querer. A Mercedes já tinha estourado minha cota. Brasileira. É. A filha. A mãe era argentina. Mas chega a ser até engraçado, porque, não sei se era por causa da tal da depressão, mas a filha, de que era brasileira, tinha a língua mais enrolada do que os pais. Se tinha uma coisa de que eu não gostava era de quando eu tinha de levar ela pralgum lugar. Se eu fechasse os olhos e ficasse só escutando, eu ia achar dela ser uma criança, sabe? Mas quando eu abria de que via, vixe maria! Acho de que a mente da coitada não desenvolveu. Por isso é de que eu falo de que dinheiro sem Deus não tem validade. Não, senhor. O velho era ateu. É. O senhor Rossé. A mulher, todo domingo, ia na igreja, e eu tinha de levar. É. Mãe e filha. Mas o velho... nadica de nada. Não fazia nem o sinal da cruz. E é por isso de que eu digo, se numa família tem um sujeito de que não acredita em Deus, os outros podem rezar e fazer a promessa de que seja, de que não tem validade. Não, senhor. Ou o sujeito se converte ou ninguém daquela família acha a salvação. Mas sabe de que até que eu me dava bem com ele? Pra entrar é de que foi difícil, porque ele me obrigou a fazer um monte de testes. Aí, quando eu fiz tudo certinho, ele fez uma cara de quem tava procurando alguma coisa de me reprovar, sabe como é? Então? Aí ele disse deu ser muito novo, deu nunca ter trabalhado de motorista, enfim, falou um monte de coisa de que não tinha nada de que ver dele falar, porque no teste de que eu tinha feito de volante eu tinha ido bem de que foi uma maravilha. Sim, senhor. Foi quando ele perguntou se eu bebia. Aí, chega a ser até engraçado, porque a pergunta veio numa hora de que eu achei dele não querer me contratar, de maneira que eu olhei bem sério no olho dele, quer dizer, nos dois, né? Então? Eu olhei nos olhão dele e disse, "Sim, senhor. Bebo". Aí o velho arregalou mais ainda aqueles olhão argentino de que ele tinha, e, quando eu pensei dele me botar pra fora, soltou uma gargalhada de que até hoje eu não esqueço e disse, "Berdaderamente, nunca bi otro falar a berdade como bocê. Boi a te contratar. Mas, se te pego bêbado dirirrindo, bai pra rrua!". Nunca esqueço dessas palavras. Sabe? É como se fosse um troféu, coisa tipo assim de guardar em cima da estante. Decorei, "Berdaderamente, nunca bi otro falar a berdade como bocê. Boi a te contratar. Mas, se te pego bêbado dirirrindo, bai pra rrua!". Por isso de que eu não gosto de mentira. Não, senhor. E ele acabou sendo quase como um pai pra mim. Tudo bem de que mantinha a distância entre patrão e empregado na hora da bronca. Aí, não tinha jeito. Mas, quando eu fazia tudo certinho (e era a maioria das vezes), o velho me tratava assim, ó. No fundo, eu era quase o filho de que ele nunca teve. Ele gostava de conversar comigo quando eu tava dirigindo, tinha vez daté ele pedir deu fazer o caminho mais longo, ou deu ir mais devagar, só de ter mais tempo da gente conversar. Eu sabia fazer o velho rir. Sim, senhor. E ele era bem precisado dumas risadas. No trabalho, ele se estressava de faltar sair fumaça da cabeça. O bicho era feio. Foi por isso de que ele arranjou aquela loura, a Deise. É. Deise. E chega a ser até engraçado, porque a louraça tinha nome de gringa, mas era do Ceará. Que nem meu pai. Só tem de que o meu pai era do Crato e a Deise era de Fortaleza. Ele achou ela numa boate, numa noite de que levou uns argentinos pra jantar e deram uma esticada. Daí, adotou. Foi um rabicho só. A loura pegou ele dum jeito de chegar até a dá' na vista em casa. Deve de ter dado uma chave de coxa nele dele não esquecer mais. Sim, senhor. E acho até de que foi aí de que o velho sentiu firmeza em mim, porque eu sempre tinha uma desculpa na ponta da língua de limpar a barra dele quando alguém me perguntava. A velha várias vezes veio tipo assim como quem não quer nada perguntar por que de que ele tinha chegado tão tarde. Verdadeiramente, ele sempre foi de dá' suas puladas de cerca, mas com a Deise foi diferente. O homem caiu de quatro. Mas a mulher era uma belezura. Parecia ser de porcelana. E acho até de que aquele sotaque dela, assim meio cantado, de que as cearenses têm, fazia era ele ficar inda mais caído. De maneira que o senhor Rossé deu uma casa pra ela. Casa não. Apartamento. Deles ficarem se encontrando mais, tipo assim, mais escondido, sabe como é, né? E teve vez deu ir pegar a Deise nalgum lugar no carro dele. Não. Trabalhar, ela nunca mais trabalhou. Ele não deixou. Disse de que dava o apartamento, mas não queria ver ela naquele trabalho nunca mais. Começou a sustentar ela. E chega a ser até engraçado, de que ela entrou na folha de pagamento do velho que nem nós tudo. Ele dava até salário pra ela. Pra ela dá' pra ele, vê se pode! E eu nunca fiquei sabendo de quanto era, de que ela não dizia, mas eu tenho certeza de que nenhum funcionário dele, nem em casa nem na empresa, devia de ganhar que nem ela. Eu falo isso porque nunca vi ela sem ser com aquelas roupas finas. Chiques. Eu fico imaginando do que passava na cabeça dela, se ela algum dia, quando tava lá em Fortaleza, já tinha imaginado de viver nesse luxo todo. E foi nessa época de que o senhor Rossé ficou mais íntimo comigo. Ficava repetindo sempre a mesma história, e eu acho até de que, nesse ponto, ele tinha razão, porque ele dizia de que ele, sendo homem, mesmo já sendo assim entrado na idade, inda tinha um apetite sexual de macho. E aquela mulher dele, a "dona Roça"... É. Essa já era o contrário dele, porque o nome dela em brasileiro era até bonito. Nome de flor. Rosa. Mas em argentino ficava feio de doer. Roça. Quer dizer, não era exatamente Roça, porque o R na frente da palavra eles diziam meio assim como se fosse no meio da palavra, sabe como é? Era, tipo assim, "Rrrroça". Mas então? Ele dizia de que já fazia anos de que a dona Roça tinha deixado de se interessar por sexo, de maneira que ele ficava daquele jeito, pulando de galho em galho, inventando um motivo ou outro de ir pras boates, de que chegou um momento de que era mais confortável dele escolher uma dessas aí e contratar pra amante. Ele disse até de que demorou de escolher, porque tinha duas coisas na mulher de que tinha de ter, beleza e honestidade. E a Deise, nesse ponto, no da beleza, ela era 100%. Só tem de que honestidade... Deixa pra lá. Aí, acabou de que eu não sei se a dona Roça desconfiou dalguma coisa, mas a mulher pegou de adoecer, mas adoecer dum jeito, de que um dia deu um tal dum derrame nela e ela ficou um tempão no hospital, morre não morre. E, verdadeiramente, eu nunca tinha visto o senhor Rossé tão contente que nem naqueles dias. Quer dizer, só quando ela veio a falecer, mas isso não foi naquela época ainda. Naquela época, ela acabou ficando paralítica dum lado, mas agora eu não vou lembrar se era do direito ou do esquerdo, de maneira que passou a andar de cadeira de rodas. E eu evitava até de chegar perto dela, porque, se eu já não entendia nada do que ela falava antes, imagina agora, de que a língua dela tinha acabado de enrolar duma vez. Uma noite, o senhor Rossé me convidou de jantar com ele num restaurante. É. Eu achei estranho, porque, apesar dele gostar de mim, ele sabia dividir as coisas. Só tem de que nessa noite ele me levou de jantar. Peixe. Ele perguntou se eu gostava de peixe e eu falei de que sim, aí ele pediu um tal dum salmão. E vou te falar uma coisa pra você. Foi a única vez na vida deu ter comido aquele peixe, mas até hoje eu tô de comer outra coisa tão boa que nem aquele peixe. Inclusive, sempre de que eu vou na feira e vejo o danado do salmão, dá vontade de comprar, mas eu não compro, de que se o sabor não for igual ao daquela noite eu vou ficar numa decepição danada. De modo que eu não compro. Fico só lembrando daquele salmão daquela noite. Só que aí teve um problema. Ele perguntou se eu gostava de vinho e eu falei logo de que sim, todo contente. Só de que veio um danado dum vinho branco, seco, de que, se aquilo é vinho de rico, eu quero morrer pobre tomando o meu vinhozinho tinto suave. Aí fodeu, né? Como havia deu dizer pro velho de que eu não gostava de vinho branco? E seco? O velho nunca tinha me levado pra restaurante nenhum, naquela noite tava lá eu sentado na mesma mesa dele, parecendo dois empresários, sabe como é? Tipo assim, homens de negócios? Sabe como é, né? Parecia até de ser dois políticos conversando. Sim, senhor. Então? Tinha jeito deu falar de que não gostava? Aí era desfeita. De maneira que o jeito foi beber. O bom foi de que o peixe, o tal do salmão, era uma beleza. Mas o rúim foi de que, aquela noite, parecia de que o senhor Rossé queria me dá' um porre mesmo. Eu cheguei até, procurando uma ideia na memória, eu cheguei daté dizer pra ele deu não poder beber muito, de que eu tava dirigindo, e tal, mas não teve jeito. O velho falou daquela noite ser especial, pra mim não se preocupar de que se eu ficasse de fogo ele dirigia, e acabou de que eu e ele tomamos duas garrafas. Só Deus sabe como. Ele disse de que era uma comemoração pelos meus serviços prestados. E a noite inda não tinha terminado, não. Quando a gente saiu, ele perguntou se eu tava bom de dirigir, aí eu falei de que tava, e ele mandou tocar prum bar. É. Bar de grã-fino, sabe como é? Então. Não era boteco, não. Lá, a gente continuou, só tem de que aí eu pedi cerveja e ele pediu uísque. E foi aí de que eu entendi do que ele queria. Ele botou a mão no meu ombro e começou uma ladainha, falando de que tava com pena da esposa, de que ela tava sofrendo, de que vivia chorando de madrugada... Falou até de que tinha vez dela fazer as necessidades na roupa. Bicho feio. E eu, rapaz, eu tava numa vergonha de não saber donde enfiar a cara. Aí, era de que eu bebia. E ele continuou, disse de que uma noite ela pediu dele acabar com o sofrimento dela, de que ela não tava aguentando mais, de que os remédios não tavam fazendo mais efeito... Aí, ele inventou de chorar. E chega a ser até engraçado ver aquele homão poderoso ali, chorando que nem um bebê. Eu não sabia nem do que falar, então aí é de que eu bebia. Chegou uma hora da minha cabeça rodar tanto, deu ter de pedir licença de ir no banheiro. Batata! Me deu um revertério e eu vomitei o salmão todo. E, rapaz, me deu uma tristeza, de que eu pensei de que nunca na vida eu ia comer de novo um peixão daquele e tá' ali vomitando tudim daquele jeito. E a tristeza foi tão medonha, de que só de ver aquele salmãozão ali, perdido, acabei vomitando de novo, sem ter mais nem do quê. Foi só aquela água amarelenta, sabe como é? Não sabe? Então?

Mas foi por causa daquela droga de vinho. Mas uma coisa eu aprendi naquele dia, tudo de bom de que a vida dá vem acompanhado duma coisa rúim. Fiz um gargarejo com a água da torneira, penteei o cabelo de que tava meio bagunçado, arrumei a gravata e voltei. E ele continuou pondo cerveja no meu copo. E o mais incrível era de que ele não parecia de ter tomado nada. Vou falar uma coisa pra você, de beber que nem aquele, nunca vi igual. Aí, ele disse de que nalguns países, nesse caso, o doente assina um documento se responsabilizando e opita pela morte. É. Opita. Disso aí eu não acreditei muito, não, mas ele falou tão sério, de que eu tava quase acreditando. Eu só fiquei meio nervoso quando ele bateu na mesa e xingou o Brasil de país de merda. Eu pensei daté dizer alguma coisa, mas achei de ser melhor ficar queto, de maneira que acabei ficando. Aí, eu lembro de que ele encheu meu copo de novo e abaixou a voz de me dizer uma coisa. O pior é de que eu até adivinhei. Tanto de que antes dele falar me veio um arrepio subindo pelo corpo todo, de que faltou eu vomitar de novo. Sim, senhor. Ele pediu deu matar a dona Roça. E disse de que ia me dá' uma gratificação em dinheiro, porque era a vontade da esposa de morrer e, como ele não tinha coragem, achava justo deu ser retribuído por uma atitude tão cristiana. É. Ele falou "cristiana". E, nessa hora, eu vou te falar uma coisa pra você, faltou isso deu vomitar na cara dele. Acho de que foi Deus de ter segurado minha boca. É.

Foi Deus. Com certeza. Mas ele não falou tipo assim diretamente, "Mata", não. Ele foi cheio de rodeio, sabe como é, não sabe? Então? De maneira que quem tivesse do lado ia pensar dele tá' falando doutra coisa. Aí, ele me olhou bem no olho e perguntou se podia confiar em mim. Eu já tava meio de fogo, de maneira que acabei de virar o copo de cerveja e falei de que sim. Aí, ele pediu a conta. Deu um tapinha nas minhas costas e falou de que essa noite ele ia levar o carro. E o desgraçado dirigia rúim que só a miséria, mas eu tava num fogo tão grande, de nem sentir medo. E ele veio falando o tempo todo, só tem de que eu não sou capaz de lembrar duma única palavra de que ele disse na volta. A única coisa de que eu lembro foi de que inda vomitei mais uma vez. Eu já tinha deitado, e o quarto começou a rodar e rodar e rodar dum jeito de que, se eu esperasse mais um segundo de ir no banheiro, não tinha dado tempo.

Vixe maria, que frio! Você não tá sentindo, não? Caramba, será de que eu tô doente? Então? No dia seguinte, ele falou de que tinha de viajar a negócios pro Rio de Janeiro e pediu deu levar ele pro aeroporto. No caminho, ele pediu deu parar no prédio da Deise e ficar esperando no carro. Uma hora depois ele desceu. Com ela. E ela vinha de mala, de maneira que eu adivinhei logo de que ela ia com ele. No aeroporto, ele falou de que ia no banheiro e me chamou de ir junto. Eu não tava nem com vontade nem nada, mas patrão é patrão, né? Fui. E foi a sorte, porque no banheiro ele tirou um pacote do bolso e me deu. Disse de ser pelos serviços prestados. Aí deu uma risada e falou de que na volta da viagem, dois dias depois, quando eu fosse buscar ele no aeroporto, ia ter outra metade me esperando. Nunca vou esquecer daquelas três palavras de que ele me disse antes de pegar o avião. "Confio em bocê". Não disse nada, abissolutamente nada sobre o que eu tinha de fazer. Voltei pro meu quartinho e fui logo abrindo meu garrafão de vinho tinto. Depois dele ter pegado o avião. Eu já falei da Maria, não já? Não? Então? A Maria era a cozinheira. É. Da mansão. E era doida por mim, de maneira que, como eu tava morando lá e era difícil de arranjar mulher fora no pouco tempo de que eu tinha de folga, eu comecei a sair com a Maria. A cozinheira. Quer dizer, sair eu não saía, é modo de falar. Eu comecei foi a dá' um trato nela, sabe como é, não sabe? Então? E você já reparou de que esse tipo de gente, cozinheira, faxineira, costureira, enfim, tudo de que termina em eira, tudo tem nome de Maria? Não já? Pois é. Daí que essa noite eu fui pro quarto da Maria e caprichei. Ela não era feia, coitada. Era até jeitosa. Baixinha, morena. Se eu disser de que era o tipo de mulher de que eu gosto, aí eu vou tá' mentindo, mas assim de dá' umazinha, era boa. Baiana. É. E crente. Mas crente só no dizer, de que quem primeiro se ouriçou de dá' pra mim foi ela. Então? Aquela noite eu comi ela com força, de maneira que a bichinha dormiu logo. E lá fiquei eu no claro, pensando na vida. Daí, deu uma raiva danada, porque ela roncava de parecer um bicho. E chega a ser até engraçado, porque eu já tinha passado outras noites no quarto dela, mas nunca tinha reparado dela roncar. Mas naquela noite eu reparei. Acho de que ela era até doente, coitada. Porque roncava daquele jeito e só dormia de papo pra cima, que nem morto, sabe como é? Então? Foi aí de que eu levantei e fui direto pro quarto da dona Roça. Quer dizer, direto é modo de dizer, tinha de analisar o terreno primeiro, né? Tinha uma enfermeira cuidando dela, mas tava no outro quarto, num sono só. A Sussana, então, essa nem se fala. Quem? A Sussana? Ué, eu inda não disse o nome dela, não? Então? Sussana era a filha do seu Rossé. Em brasileiro, era Suzana, mas todo mundo tinha de chamar ela de Sussana, assim em argentino. A Sussana era outra de roncar que nem uma porca. Perto dela, a Maria era um túmulo. De maneira que com essa eu não precisava de me preocupar. Se eu disser de que não tava com medo, eu vou tá' mentindo. Tava. Se alguém aparecesse, ninguém ia acreditar deu tá' fazendo uma boa ação. E eu tava. Pelo menos, na minha cabeça eu achei melhor de pensar desse jeito, senão eu não ia conseguir de finalizar o serviço, né? Então? Eu tava até descalço, porque eu tinha visto num filme do ladrão entrar na casa de que ia roubar descalço. Eu não ia roubar nada. Não, senhor. Nunca roubei. Mas naquele momento era como se eu fosse roubar, de maneira que achei melhor de ir descalço. Abri a porta do quarto dela e foi até um sinal, porque a luz tava acesa. Ela tava dormindo, mas a luz tava acesa. E chegou a ser até engraçado, porque o senhor Rossé dormia noutro quarto, mas na cama da dona Roça tinha um travesseiro a mais, representando de ser do marido. E foi ele de que eu usei. E foi só agora de que eu lembrei de que o lado de que ela tava paralítica era o esquerdo, porque eu entrei pela direita e fui chegando sempre pela direita, e tinha até um soro no braço direito dela, de maneira que eu dei a volta pro lado esquerdo... Quer dizer, agora eu tô fazendo uma confusão danada, de que se eu entrei pela direita, ela, de que tava de frente pra mim, então o lado paralisado dela era o esquerdo... É. O esquerdo. Então? Isso tudo demorou uns dez minutos, porque eu não podia de fazer barulho nenhum. O senhor Rossé falou de que ela já tinha pedido de morrer, mas vai de que na hora ela desistia, né? Já vi caso assim de pessoa pedir de morrer e na hora ficar com medo e implorar pela vida. Então? Eu peguei o travesseiro com o maior cuidado e voltei pro outro lado, porque, como era cama de casal, o lado esquerdo ficava mais longe e o trabalho ficava dificultado pela distância. Aí, rapaz, eu quase soltei um grito, porque não é de que a velha tava de olho aberto? É. Daí, quando eu ia gritar, foi de que eu reparei dela tá' dormindo de olho aberto. Parecia de que tava morta. Quer dizer, se eu disser de que tava aberto aberto, eu vou tá' mentindo. Tava assim meio aberto, sabe como é? Meio aberto e meio fechado. Aí, eu lembrei de que ultimamente, depois do derrame, eu lembrei de que ela não tava enxergando quase nada, daí eu pensei de que devia de ser por causa disso de que ela dormia de olho aberto. Aí, eu respirei fundo, peguei o travesseiro e dei a volta, de que do outro lado ficava mais fácil deu fazer o serviço. Aí, quando eu já tava aproximando o travesseiro dela, a danada da velha acordou. Rapaz, uma coisa de que eu nunca vou esquecer na vida é do jeito de que ela me olhou. Parecia de que tava vendo o demo. E o olho dela tava cinza. Nessa hora, eu só não gritei porque o primeiro susto já tinha me preparado. Foi aí deu ficar em dúvida se ela queria morrer ou se o senhor Rossé era de que tinha mentido pra mim. Só tem de que aí já era tarde. Usei toda a força de que eu tinha e apertei o travesseiro na cara dela, de maneira dela não poder soltar nenhum som. E o diabo foi de que o braço da velha de que não tava paralítico começou de querer me arranhar e se agitava e se agitava, de maneira que, de tanto ela se mexer, o braço paralítico se mexeu junto com o corpo, e aquele ferrão onde tava pendurado o soro começou a querer cair. Rapaz, e eu vou te falar uma coisa pra você, e é capaz deu contar e de você não acreditar, mas eu vou contar assim mesmo, porque chega a ser até engraçado eu falando desse jeito, mas na hora eu me desesperei e acho até... acho, não.

Foi. Com certeza, foi o maior medo de que eu passei em toda a minha vida. E diz que no medo é que se revela a personalidade da pessoa, de maneira que a partir daquele dia eu passei a acreditar mais em mim. Não de que eu não acreditasse antes. Acreditava. Mas tem umas coisas de que precisam de acontecer com um homem dele se tornar o que ele vai ser. Sabe como é? De firmar o caráter. Então? Naquele segundo, com as duas mãos apertando o travesseiro na cara da mulher com toda força, me veio do nada, acho que foi Deus... quer dizer, nesse caso, verdadeiramente, acho até de que deve de ter sido o demo, de que Deus não ia ajudar num caso desses. Ou ia? Enfim, ou Deus ou o demo, o caso é de que eu pisei o pé esquerdo no chão, firme, e com a perna direita eu aparei a queda do soro. Ficou tipo assim aquele ferro inclinado na curva de dentro da minha perna, em cima da batata, sabe como é? Então? Até eu sentir da velha ter parado de respirar. A sorte foi de que ela ameaçou de gritar, mas, não sei se foi a fraqueza de que ela tava ou a força de que eu apertei o travesseiro, ou as duas coisas, sei lá! O certo é de que ela só conseguiu de soltar um miadinho baixinho de parecer quando a gente escuta lá longe aqueles lamentos de gato no cio. Sabe como é? Então? E logo ela, de que não dava mais fazia tempo... Quando eu tirei o travesseiro de cima dela, aquele olhar inda tava lá, do mesmo jeito, empredado. Olha aí outra palavrinha danada de difícil. É. De pedra, né? Então, é empedrado mesmo, não é? Essa língua brasileira... Enfim, aí eu dei uma última olhada nela, porque naquele momento parecia de que não tinha acontecido nada e dela tá' dormindo de olho aberto de novo, que nem tava antes. Aí foi de que eu fechei os olhos dela e saí na metade do tempo de que eu tinha levado de chegar. Aí, eu dei foi sorte de ninguém ter me escutado, porque aquela paciência toda de que eu tive de chegar, na volta, já tinha acabado toda. Aí, eu voltei pro quarto da Maria, porque a Maria era o meu hálito. Não é? Cê nunca viu linguagem de polícia? Hálito é quando você arranja uma pessoa de dizer que tava com você quando você tava noutro lugar fazendo outra coisa. É. Hálito. Daí de que eu passei a noite toda acordado, rezando, enquanto a Maria roncava. E eu rezei com tanta fé, pela alma da coitada da finada da dona Roça, de que acho até de que... acho, não. Tenho certeza. Tenho certeza de que Deus me perdoou. Pelo menos, eu me senti como um daqueles doutores daqueles países de que o senhor Rossé tinha me falado, de que o defunto assinava um documento autorizando o doutor de matar ele. Só que nesse caso faltou o documento da coitada da dona Roça.

No dia seguinte, foi aquele alvoroço todo. O doutor veio e foi aí de que eu acreditei de Deus ter me perdoado mesmo, porque ele falou de que ela tinha morrido de... Como é de que chama? Sei lá, acho de que foi de insuficiência respiratória de que ele disse. É. Acho de ter sido isso. Alguém ligou pro hotel no Rio de Janeiro de que o senhor Rossé tava hospedado, só tem de que responderam dele ter saído. Quando ele ligou, já era de noite, e ele pediu de me avisar de pegar ele no aeroporto de que ele ia voltar imediatamente. Aí, eu fui pra lá e fiquei esperando a hora dele chegar. E, quando ele chegou, você não vai acreditar, mas o homem tava com uma cara de que parecia até de ter morrido alguém da família. Quer dizer, tinha, mas eu não imaginei dele ficar daquele jeito. Me abraçou no meio do saguão do aeroporto e desandou num choro, e era um choro tão sentido, de que eu fiquei até com medo de ter entendido errado aquele dinheiro de que ele tinha me dado. A Deise não tava com ele, não. Acho de que ele falou pra ela sair separado dele e pegar um táxi. É. Aí, ele foi inteligente, de que se tivesse algum fotógrafo, ou alguma pessoa dessas do repórter, aí ia ficar rúim pra ele, né? É ou não é? Então? Daí, tocamos pra casa dele, quer dizer, eu toquei. E, rapaz, eu vou te falar uma coisa pra você, aquele danado daquele homem tirou a viagem toda chorando, o tempo todo. E tinha hora dele chorar e rir ao mesmo tempo, de maneira que eu pensei até dele ter ficado fraco da cabeça, sabe como é, né? Doido. Eu fiquei, verdadeiramente, encucado de verdade. Porque eu percebi logo de que a Deise não tava sabendo de nada, mas, sendo de que ela pegou o táxi, não tinha motivo dele ficar daquele jeito quando ficou só eu e ele no carro. E o pior é de que, da outra metade do dinheiro de que ele tinha prometido, ele não falou nada. Nadica de nada. Nem tocou no assunto. Foi só aquele chororô até chegar em casa. E, como eu achei de não ser uma boa hora de tocar no assunto, devido ao estado de que ele tava, me resolvi a ficar queto.

O resto é aquilo de que todo mundo já sabe, enterro, chororô, parentes, amigos, aquela falsidade toda... É. Falsidade. Porque no dia do enterro teve até um tipo de festa na casa. Pelo menos, parecia com festa, porque tinha comida, bebida, essas coisas. A única diferença era de que ninguém tava rindo. Quer dizer, tinha vez dum ou outro esquecer e dá' alguma risada, mas logo percebia e parava. Quem me contou foi a Maria, coitada, de que naquele dia ela trabalhou que nem uma escrava. Até servir, serviu. O senhor Rossé continuou naquele estado de que parecia dele ir morrer também. Mas o mais incrível foi a Sussana. Desde da morte da mãe, ela não soltou mais um pio. Ficou que nem a Cidinha. Não chorava, não falava, não comia... Não queria saber de nada. Ficou duma maneira do senhor Rossé achar melhor de mandar ela pra Argentina com os parentes de que tinham vindo pro enterro. E, como ele também ficou abalado daquele jeito de que ele tava, se resolveu a dá' umas férias prele também, de maneira que viajou pra Fortaleza. Com a Deise. No aeroporto, foi até engraçado, porque, antes deu tocar no assunto sobre a outra metade do dinheiro, aconteceu a mesma coisa da outra vez. Ele me chamou de ir no banheiro com ele e me deu outro pacote. Foi a primeira vez de que eu vi ele rindo depois do ocorrido. E olha só, vou falar uma coisa pra você, verdadeiramente, aqueles foram os melhores dias de que eu passei naquela casa. Aqueles de que ele viajou. Eu e a Maria vivemos vida de rei naquela mansão, só os dois, porque ele me deixou responsável pela casa e mandou de dá' folga pra criadagem toda. Pra Maria ele deu também, mas ela preferiu de ficar lá. Comigo. Foi assim. Agora você vai me desculpar de que depois dessa história toda eu preciso de ir no banheiro de novo.

É. É sangue no chão. Sangue da minha filha. Eu pisei no banheiro e espalhei pela casa toda, quando fui pegar o cobertor no quarto. E o pior é de que, apesar do frio, tive de abrir o vitrô do banheiro, do ar entrar um pouco. Tô me sentindo um pouco zonzo, sabe como é? Parece deu não tá' aqui. Quer dizer, eu sei de que eu tô, mas é como se eu não tivesse. É. Tipo assim, como se eu tivesse dormindo e tivesse sonhando de tá' aqui, com a minha filha morta no banheiro, e conversando com você. E quer saber do que mais? Eu matutei e pensei daté ser melhor eu pensar disso tudo ser um sonho mesmo. E quem vai dizer de que não é? É ou não é? Vai de que de repente eu acordo? Possa ser. E isso tudo aqui, verdadeiramente, tá com mais cara de sonho do que de realidade. Sim, senhor. Minha filha morta no banheiro, esse meu porre de que eu não sei donde veio, o sangue no chão, esse frio da miséria, você... Olha só, a gente tá aqui conversando e eu tô puxando pela memória de saber donde foi deu ter visto você. Já atinei de não ter sido no táxi, não, porque se fosse eu já devia de ter lembrado. Deve de ter sido bem antes, por isso de que minha memória tá demorando de reconhecer onde foi. Mas eu vou descobrir. Quer apostar? Quê? Você é esquisito, mesmo, viu? Com todo o respeito. Não bebe, não aposta, não sente frio. Vai ver de que você é só fruto da minha imaginação de bêbado. Olha só, e tem outra, eu não costumo de receber ninguém em casa, não, viu? De repente você aparece do nada e eu começo de contar minha vida toda de cabo a rabo pra você, como se a gente fosse amigo de infância? Eu sei, eu sei de que isso não leva a nada, mas eu preciso de falar, de que é de você perceber deu não tá' acreditando em nada disso. Por isso deu tá' contando tudo isso pra você. Porque você não existe. Nem eu. Quer dizer, existir eu existo, mas nesse momento eu não existo, tá entendendo? Aqui, nesse lugar... Não. Não é nesse lugar minha casa, é nesse lugar sonho, sabe como é? É. Nenhum de nós dois tá aqui. Eu tô na minha cama, dormindo e sonhando de que tô aqui e você tá... Sei lá. Se eu tô vendo você é porque eu já vi você antes, de maneira que você também deve de tá' nalgum lugar de que eu não sei donde é. Mas vamo em frente, de que, se isso é um jogo, eu vou provar pra você de que eu vou ganhar. Vou ficar aqui falando com você até você sumir e eu acordar. Pode rir. Eu sei de que eu não tô louco. Louco não pensa dessa maneira assim de que eu pensei agora. É. Louco é louco. E, no final das contas, todo louco acaba virando mendingo. Por isso deu não ser louco, de que não existe louco com permissão de dirigir. Não, senhor. Inda mais encarregado, que nem eu. E quer saber do que mais? Nem de mendingo eu gosto. Não, senhor. Quando não é louco, é covarde. Gente de que desistiu da vida na sociedade. Sabe como é, né? Gente de que não se adaptou. Vê só eu, já fiquei sem emprego um monte de vez, mas nunca me bateu o desespero. Sempre fiquei ali, firme na intenção de que aquele momento ia de passar. E passou. Agora, o mendingo, não. Qualquer probleminha em família, corre logo pra debaixo da ponte. Se eu fosse político, arrumava um jeito de sumir com essa raça. Que nem fizeram no Rio de Janeiro uma vez dessas aí de que ia ter um grande evento lá, com políticos do mundo todo. Sumiram com a mendingagem. Só tem de que aí eles taparam o sol com a peneira, foi, tipo assim, como se eles tivessem empurrado a sujeira pra debaixo do tapete. Desse jeito não dá, porque, se você empurra a sujeira pra debaixo do tapete, mais cedo ou mais tarde ela aparece. Sujeira tem é de sumir com ela de vez. Cê tá me entendendo? Como é de que vai se fazer um país grande com essa cambada de gente fedida procriando por aí?

E chega a ser até engraçado, de que filho de gente normal, trabalhador, qualquer doencinha, já vai logo morrendo, mas filho de mendingo, criado ali, no meio do tempo, comendo resto de lata de lixo, esses aí crescem de que é uma beleza. De depois virar tudo drogado ou bandido. Ou as duas coisas. Olha só, vou até contar um acontecido de que aconteceu comigo uma vez, de que eu lembrei agora, falando nisso. Foi o seguinte. Um dia eu trombei com uma mendinga, uma velha, nem preta nem branca, assim meio marrom, acho de que era de não tomar banho. Verdadeiramente, não dava nem de ver de que cor de que ela era. E isso também é uma caraquiterística dos mendingos. Ficar assim com essa cor meio em cima do muro. De que também é da personalidade deles. Mas então? Tava falando da velha. Eu passei por ela e ela me pediu uma esmola. E taí uma coisa de que eu não faço. Dá' esmola. Não, senhor. Eu trabalho e o meu trabalho eu garanto. Agora, se os políticos, de que ganham muito mais do que eu, não fazem bem o trabalho deles, não vai ser eu de que vou tirar o dinheiro do pão da minha família de dá' pra mendingo. Não, senhor. Cada um com os seus problemas. Inclusive, por falar nisso, nos tempos de que eu fui crente, eu aprendi uma coisa muito séria. Eu aprendi de que cada um tem do que merece. As pessoas de que abandonam Deus ficam assim, desse jeito, pedindo esmola na rua. Pode ver. E é justamente aí, verdadeiramente, de que você percebe quem tem Deus no coração e quem não tem. Falar da boca pra fora, tem um monte, mas quem fala da boca pra fora tá tudo ferrado. Pode ver. Quer um exemplo? Vai nas favela. O que tem de crente nas favela não tá no gibi. Tudo da boca pra fora. Quer dizer, toda regra tem lá sua exceção, já vi gente subir na vida depois de que aceitou Jesus, mas no geral é tudo balela. Xi, pulei de assunto de novo! Não liga, não, viu, ô seu visitante? Eu sou assim desse jeito mesmo. É de que eu tenho tanto a consciência tranquila, de que gosto de falar mesmo as coisas de que eu penso. Mas então? A velha. É. A mendinga. Passei por ela e ela me pediu uma esmola. Fingi de que nem era comigo. Daí, ela disse, "Ô, preto! Passa assim desviando da gente que nem se a gente fosse merda! E ói de que quem tá mais sujo é ocê, de que quer dormir com a própia mãe". E você veja de que isso me marcou tanto, de que eu não esqueci nem dela ter falado "própia" em vez de "própria". E o que eu fiz? Nada. Fiquei ali parado, que nem se tivesse congelado, olhando pra ela sem saber como ela tinha adivinhado deu ser preto. E o pior foi essa história deu querer dormir com minha mãe. E você sabe de que eu não sei se eu comecei a ter esses sonhos com a minha mãe se foi antes ou depois dessa mendinga? Então? Daí, eu só descongelei quando ela começou a dá' uma risada, e, rapaz, foi uma risadona tão horrível, de que parecia até dela ter parte com o demo. Parecia dela ser uma bruxa. Tá rindo de quê? Não acredita de que bruxa existe? Eu acredito. Por isso de que teve um tempo de que queimavam bruxa. Não teve? Teve. Se fosse hoje, eu ia ser o primeiro de mandar essazinha aí pra fogueira. Por essas e outras deu não gostar de mendingo.

Mas então? Onde é de que eu parei? Á! Tava falando de quando a dona Roça morreu. Pois é. Então? Um ano passou sem nada importante de contar. E um ano depois o senhor Rossé casou com a Deise. Na igreja e tudo. E chega a ser até engraçado, porque o homem era ateu e inventou de casar na igreja. A Sussana, depois de ter ido pra Argentina, começou a melhorar pouco a pouco. Diz que começou até a emagrecer, de maneira que o pai achou melhor dela continuar na Argentina por uns tempos. Meu trabalho diminuiu bastante sem a mãe e a filha. Só tem de que isso foi antes do casamento. Depois do casamento, meu trabalho aumentou. A Deise vivia fazendo compras, e o senhor Rossé mimava ela dum jeito de que eu nunca vi ele mimar nem a filha. Ele nunca mais me levou de jantar, nem comentou sobre o ocorrido. Passou uma borracha, que nem dizem. Foi como se nunca tivesse acontecido. Tinha vez daté eu achar de que, verdadeiramente, não tinha acontecido, não. Dava a impressão de que quando eu tinha começado a trabalhar pro senhor Rossé a esposa dele já era a Deise. Á! Foi justamente na lua de mel deles de que eu conheci Campos do Jordão. Aquela cidade maravilhosa! Chique que só! Que Rio de Janeiro que nada! Cidade maravilhosa é Campos do Jordão. Quê? Se eu já fui no Rio de Janeiro? Olha, se eu disser pra você de já ter ido, eu vou tá' mentindo, de que ir mesmo, assim ido, eu nunca fui, mas, pô, já vi na televisão um milhão de vez. E tem mais. Na televisão, tudo é mais bonito. Por exemplo, essas atrizes aí, de que já passaram dos 50 faz tempo. Tem um monte. Não, nome eu não sei, de que eu não sou de perder meu tempo acompanhando novela, mas nos comerciais do repórter sempre passa. E são sempre as mesmas. Tem delas de que já eram coroa quando eu cheguei em São Paulo e de hoje tarem do mesmo jeito. Então? De maneira que com o Rio de Janeiro deve de ser a mesma coisa. A televisão mostra as praia, o Cristo Redentor, aquela mulherada sem-vergonha no Carnaval, mas vai lá pra ver! Esse negócio de tóchico, esses morrão de que não acabam mais. Quê? Eu sou mais Campos do Jordão. De que lá, pelo menos, pobre não tem. Ou, se tem, mora tudo afastado e não atrapalham ninguém. Sim, senhor. Mas então? Onde é de que eu tava? Á! Tava falando de que aquele foi um tempo de sossego. Na minha vida, era aquela mesmice de sempre, sem novidade. Só com a Maria de que começou de esfriar. Não da parte dela. Da minha. É que do que era de ser uma comida sem compromisso começou a ficar mais sério, ela já tava começando a jogar uns verde sobre casamento, e, verdadeiramente, ela não era mulher pra mim. Disso eu sabia. O problema era de que por causa do trabalho eu praticamente tinha perdido o contato com o mundo lá fora. Nos dias de folga, eu só dormia e bebia. De maneira que um dia de folga eu me resolvi a voltar a frequentar os puteiros. Dá' uma variada, sabe como é? Então? Eu, tão jovem e tão vivo, parecia de tá' morto. Foi nessa época da Deise começar a dá' em cima de mim. É. E sabe? Eu sou assim dum jeito de que é difícil duma mulher olhar pra mim e não querer nada comigo. Eu sei disso. Só teve de que a Deise, durante esses anos todos, nunca tinha acontecido dela ter olhado pra mim com nenhum interesse. Pelo contrário. Parecia até deu não existir pra ela. No começo, se eu disser deu não ter ficado incomodado com o jeito dela de me inguinorar, eu vou tá' mentindo. De que eu fiquei, eu fiquei. Só tem de que ela era a amante do meu patrão... Quer dizer, agora era mulher, né? E eu não sou do tipo de me envolver com mulher de patrão, de maneira que o tempo foi passando e eu fui aceitando. Pra mim, foi até uma experiência, porque eu naquela idade achava de poder ter a mulher de que eu quisesse, e a Deise tinha aparecido de mostrar de que eu, verdadeiramente, tava enganado. Aí, esse tempo todo depois, ela se resolve a dá' em cima de mim? Aí, foi deu ficar encafifado mesmo. Comecei a fingir de não tá' percebendo, e, enquanto isso, eu ia estudando os porquê dela tá' dando em cima de mim. Teve um dia deu chegar a pensar de que era o senhor Rossé de que tinha mandado dela me testar.

Mas o tempo foi passando e ela foi continuando, de maneira que eu pensei de que, se fosse um teste, já era de ter vencido o prazo de validade. Aí, eu cheguei a uma conclusão de que eu acho até de que era a correta. Eu cheguei à conclusão de que o velho não tava mais dando no couro. Sabe como é, né? Aquele tempo, eu já tinha pensado comigo da Deise ter aplicado o golpe do baú no velho, de maneira que, ela sendo uma profissional, o mais longe de que eu ficasse dela ia de ser melhor pra minha saúde. Ela podia de me prejudicar, e, entre eu e ela, lógico de que o senhor Rossé ia de preferir ficar com ela. Só tem de que a carne é fraca. E chega a ser até engraçado, de que ela dava em cima de mim só de vez em quando. Tinha vez deu tá' mais assanhado e esperando dela dá' em cima de mim, e ela voltar de me inguinorar como antes. Aí, uns dias depois, o ataque voltava. E eu vou te falar uma coisa pra você. Rapaz, como eu resisti! Outro no meu lugar, garanto de que não resistia assim tanto tempo, desse jeito de que eu resisti. Mas finalmente aconteceu da carne vencer. E foi assim, eu levava o senhor Rossé pro trabalho e ficava à disposição. Quando a Deise queria alguma coisa, ela ligava pro senhor Rossé e ele me mandava de volta pra casa, de levar ela pralgum lugar. Depois, eu voltava no final da tarde pra pegar ele. Nesse dia, aconteceu isso. Eu voltei pra casa e peguei ela de levar pras compras. E chega a ser até engraçado, porque ela demorava uma eternidade de fazer as compras, mas nesse dia ela me deixou esperando no estacionamento, e, quando eu pensei de que não, lá vinha ela com umas sacolas. Mandou deu tocar pra casa, mas, quando eu tava pegando o caminho de volta, começou a dizer de tá' um calor, de que isso e aquilo, de repente a gente passou em frente dum motel e ela mandou deu entrar. E nesse dia eu nem me fiz de desentendido. Entrei mesmo. E esse dia eu lembrei da Cíntia, porque a gente não falou nada. Rapaz, que mulher! O problema foi de que o tempo era curto, de maneira que depois da gente ter dado uma eu inda tava querendo mais, mas ela já foi logo entrando de tomar banho e, quando eu entrei também, ela mandou deu esperar lá fora. Aí, eu fiquei encafifado de vez. Na volta, ela não disse uma palavra. Nem me olhou. A geladeira voltou. Eu cheguei daté falar alguma bobaginha meio sacana, mas ela só me lançou um olhar de que se matasse eu tava morto, de maneira que eu achei melhor de ficar queto. Nos dias seguintes, foi a mesma coisa. E ela só não chegou de me tratar mal porque ela não me tratou foi de jeito nenhum. Aí, passou um tempo, e um dia eu tive de levar ela no doutor. No dia seguinte, quando eu tava levando o senhor Rossé pro trabalho, esse homem tava numa alegria só. Quando chegou no estacionamento da firma, deu deixar ele na vaga dele (do carro dele), ele me mandou dá' os parabéns pra ele e me deu um abraço. Eu não tava entendendo nada, aí ele me perguntou de que se eu imaginava do porquê dele tá' me pedindo de dá' os parabéns pra ele. Aí, eu perguntei se era aniversário dele e esse homem caiu numa gargalhada, me deu um tapinha nas costas e falou, "Issidoro, bocê nô equissiste". Aí, tirou um charuto do bolso e me deu. E disse deu ser o primeiro depois dele de saber da novidade. De que ele ia de ser pai de novo. É. Pai. De que, no dia anterior, quando eu levei a Deise no doutor, era doutor de mulher, sabe como é? Então? E o doutor disse dela tá' grávida. E ela disse pro senhor Rossé, de maneira que ele tava ali, com uma cara de bobo alegre, me pedindo de dá' os parabéns pra ele. E, rapaz, eu vou te falar uma coisa pra você. Na hora, eu fiquei branco... Quer dizer, branco eu já sou, é modo de dizer. Eu quis dizer de na hora eu ter ficado mais branco ainda. Inda bem de que ele tava numa alegria tão grande, de nem ter reparado. Aí, eu fiquei duas coisas, com medo e com raiva. Com medo porque na hora eu pensei de que, se o filho fosse meu e nascesse preto, a coisa ia de ficar preta. E fiquei com raiva porque pela primeira vez na vida eu me senti usado. Tudo bem de que todas as mulheres de que eu tive, dum jeito ou de outro, me usaram, mas pelo menos as outras gostavam de mim, tinham um interesse por mim, verdadeiramente. Mas essa, não. Verdadeiramente, fiquei com raiva e com nojo dela. Nojo porque, se ela tava achando do velho não tá' assim com essa bola toda dela dá' um filho pra ele e ela queria resolver o problema com ajuda alheia, podia de ter abrido o jogo e falado pra mim na sinceridade, afinal ela já devia de saber de que eu já sabia do interesse dela de ter casado com o senhor Rossé. Mas dessa maneira ela enganou eu e ele. E agora eu tava numa enrascada. Rapaz, eu pensei um monte de coisa. Pensei de que o primeiro filho meu nunca ia de saber de que eu era o pai. Pensei de que se o moleque nascesse preto a merda ia de feder pra todo lado. Se ia. E essa era a pior coisa de que eu pensei, porque, primeiro de que ela ia de jogar a bomba na minha mão se o filho nascesse preto, aí eu ia ter de mentir de garantir meu emprego e... Enfim, a merda ia de feder de todo jeito. E a mulher era uma filha da puta. É. Filha da puta! Até hoje quando eu lembro eu fico com raiva. Tudo bem deu gostar do senhor Rossé de verdade, mas, se ela chegasse pra mim com um plano da gente garantir uma grana, eu ia pensar no assunto e era capaz daté aceitar. Mas a cafajestagem dela de enganar dois homens ao mesmo tempo me deixou verdadeiramente invocado. E eu fiquei o dia todo pensando no que eu ia fazer. Você sabe de que eu pensei daté abandonar o emprego e fugir pra alguma outra cidade? É. Pensei. Mas depois, em cima desse pensamento, eu pensei outro. Eu não podia passar a vida inteira fugindo desse jeito, de maneira que achei melhor de respirar fundo e esperar pelos acontecimentos, pelo menos enquanto eu não tinha uma ideia melhor. E fiquei esperando também daquela rapariga vim falar comigo. E você sabe de que eu passei os meses seguintes levando essa desgraçada pro doutor e ela nem olhava na minha cara? Teve vez até deu pensar de ter imaginado coisas e de que o filho devia de ser do senhor Rossé mesmo. Afinal, uma mãe que escondesse do pai o filho dessa maneira devia de ser uma malíguina mesmo. Aí, aconteceu duas coisas. Um dia... E ela já tava com a barriga bem grandinha... Um dia, quando eu tava voltando do doutor com ela, criei coragem e perguntei, "Olha só, Deise, verdadeiramente, você não tem nada de me falar sobre esse filho?". Rapaz, essa mulher deu um grito e falou desse jeito, "Seu idiota! Idioootaaa! Nunca mais quero de que você abra a boca de falar nem um A comigo, viu? Se você falar uma coisa, qualquer coisa, eu juro de que mando o meu marido acabar com a tua raça, ouviu? Um A! Só um A!". Aí foi de que eu tive um pensamento nessa noite de que eu nunca tinha pensado antes. Porque eu gostava daquele emprego, gostava daquela casa, enfim, era um tipo de vida de que eu podia passar o resto da vida vivendo. Mas naquela noite eu pensei de que todo mundo tava se dando bem às minhas custas. Primeiro, tinha sido o caso da dona Roça, agora era esse filho do senhor Rossé de que eu que tinha dado de presente. Aí, eu pensei de que eu tava parecendo o Papai Noel, e pra mim nada? Quer dizer, no caso da dona Roça, o senhor Rossé até tinha me dado uma boa grana, de que no futuro me ajudou até de comprar essa casa de que nós tamo, mas no caso do filho eu tinha ficado chupando o dedo. Pior ainda, daquele jeito de que a Deise me tratou não se trata nem um cachorro, inda mais eu. É.

E foi aí de que aconteceu aquele acontecido de que mudou a vida de todo mundo naquela casa. Olha só, eu não quero de que você fique aí pensando no que você vai pensar, porque... Enfim, é melhor de você escutar sem julgar, porque senão aí é eu de que não vou querer de continuar contando. Então? O tempo já passou, a poeira já cobriu, quem tinha de se foder já se fodeu, quem não tinha continuou tocando o barco... Enfim, o resto é passado. Não diz de Deus escrever certo por linhas tortas? Então? Esse foi um caso desses. Você pode até achar de Deus não ter nada de que ver com isso, porque ele não se mete nesses casos de vingança, mas, olha, eu conheço bem a Bíblia, estudei ela de cabo a rabo durante muitos anos, e vou te falar uma coisa pra você, a conlusão de que eu cheguei é de que o Deus de verdade é o Deus do Velho Testamento. É. O Deus do Novo Testamento teve lá seu filho e acabou de ter abrandado mais o coração, e o mundo virou essa bagunça aí de que tá hoje. Não, senhor. Eu prefiro o Deus do Velho Testamento, de que dizia, "Olho por olho, dente por dente". Esse Deus do Novo Testamento de que fez a cabeça desse povo aí dos direitos humanos de que só reclamam dos direitos dos bandidos, assassinos, estrupadores... É. Isso aí. Mas então? Vamo voltar pro acontecido. Aconteceu de que, um dia, lá tô eu bem sossegado, trazendo a Deise de volta do doutor, quando de repente eu paro num farol vermelho. E você sabe de que isso é uma coisa de que eu nunca fiz? Isso de passar farol vermelho, dirigir além da velocidade permitida? Enfim, essas coisas, né? Nunquinha da silva. Nunca tive nem uma multa. Nem nos tempos de atualmente, de que qualquer coisinha já é motivo de multa dos políticos ganharem mais dinheiro. Não, senhor. Nunquinha. De maneira que eu parei no farol e veio três homens encapuzados e armados na direção do carro, e o engraçado é que parecia deles terem saído do nada, porque, quando eu parei o carro, eu não vi ninguém, e, de repente, apareceram esses três sujeitos. Um já me deu logo uma cacetada na boca, com o cano do revólver, de que era deu entender de que eles não tavam de brincadeira. Aí de que um ficou do meu lado e me mandou continuar dirigindo como se nada tivesse acontecido. Aí, eu perguntei pronde era de que eu tinha de ir, e o sujeito gritou no meu ouvido, com o cano na minha testa, "Pra mansão do velho, porra! Pronde ia de ser?". Atrás ficaram os outros dois. Um tapou a boca da Deise e o outro ficou com o revólver tipo assim apontado pra ela. De maneira que a única coisa de que eu tinha de fazer era verdadeiramente tocar pra casa. Quando a gente tava chegando, eles avisaram de que se a gente desse um pio ia morrer todo mundo, e se abaixaram da gente passar pelo portão de entrada. Rapaz, pelo jeito deles falarem isso pertinho da casa, deu pra imaginar deles já saberem onde era a casa. É. Os sujeitos pegaram a gente de propósito, não foi por acaso, não. De maneira que a gente entrou, eu parei o carro de frente pra porta principal da mansão, e eles mandaram de todo mundo entrar. Quando os empregados viram, os assaltantes mandaram de todo mundo deitar no chão, de bruço, e um começou de amarrar um por um, enquanto os outros dois ficavam de revólver apontando pra todo mundo, pra evitar de que alguém se mexesse. Naquele momento, eu achei de ser melhor eu fazer alguma coisa, de maneira que pulei em cima dum deles, sem pensar. Foi a última coisa de que eu lembro. Acordei com o barulho do telefone. Tava com o rosto todo inchado, sangrando, todo amarrado. Um dos sujeitos tinha me dado na cabeça com o cano do revólver. Todo mundo tava amarrado, só não tinham amarrado a Deise, de que era quem tava dizendo onde tavam as joias e as coisas de que tinha validade roubar. Quando o telefone tocou, disseram dela falar bem calma, se fizesse qualquer besteira, eles matavam ela. Quem tinha ligado era o senhor Rossé, porque já tava na hora dele voltar e eu inda não tinha ido pegar ele. A Deise falou de ter se atrasado no doutor e de que eu tinha acabado de sair, de maneira que era melhor do senhor Rossé esperar mais um pouco. Ela disse tudo bem tranquila, do jeito de que só uma pessoa falsa que nem uma mulher podia de falar, mas, na hora de que desligou o telefone, foi aí de que ela fez o que ela não devia de ter feito. Começou a gritar que nem uma maluca, chorando e pedindo socorro, e começou a correr na direção da escada. É. Ela tava no andar de cima. Eu e os outros tava no andar de baixo. E foi aí de que eu vi quando um bandido tentou pegar ela pelo braço e ela deu um puxão tão forte de perder o equilíbrio e saiu rolando escada abaixo. Aí, eles se desesperaram. Pegaram as coisas de que já tinham pegado, de que tavam enroladas nuns lençóis, aí me desamarraram e me levaram pro carro, de maneira que mandaram eu dirigir, enquanto eles ficaram deitados do mesmo jeito de que tinham vindo, dois no banco de trás e um no banco da frente. O segurança ficava numa guarita, de maneira que eu não precisei nem de buzinar e ele já foi logo abrindo o portão. Quando eu passei pelo portão, eles esperaram deu me afastar um pouco e mandaram deu parar. Quando eu parei, o da frente mandou deu abrir a porta e sair correndo. Na hora de que eu saí, os dois de trás saíram também, acho de que eles tavam com medo deu correr pra polícia, de maneira que me espancaram de novo e eu foi o jeito desmaiar outra vez.

No fim da história, a Deise quebrou o pescoço e morreu na hora, de oito meses e meio. Tiraram o neném também. Parece de que nasceu meio assim pro moreno. Morto. Devia de ser meu mesmo. Mas isso é um segredo de que vai morrer comigo, quer dizer, se você não falar nada pra ninguém, né? Mas já passou tanto tempo, de que nem vale a pena de falar pra ninguém. Só ia dá' mais trabalho pra polícia, de que já não tá nem dando conta dos crimes de hoje. Quê? Não. Os bandidos, nunca acharam. Talvez podia daté terem achado eles, mas o senhor Rossé ficou tão abalado com tudo, de que nem ligou pra mais nada. Quando ele viu aquele menino morto... É. Era um menino. E chega a ser até engraçado, porque eu sempre quis ter um menino... Não. Não tô chorando, não. Sou lá homem de chorar? Isso é só um cisco. Quem chorou foi o senhor Rossé. No meu ombro. Eu lá no hospital, todo arrebentado, e aquele velho ali, são e salvo, chorando que nem uma criança. Me agradeceu pela minha valentia... É. Todo mundo da casa viu o jeito de que eu pulei nas costas dum pra defender a casa. Sabe, esse foi o jeito de que eu encontrei de não ter nenhuma suspeita sobre mim. Você sabe de que a corda sempre acaba arrebentando do lado mais fraco, não é? Pois é. De maneira que a melhor maneira de ser inucente é sendo, tipo assim, um herói.

O senhor Rossé... Quê? Nunca falei não, é? Então? O senhor Rossé era o filho único dum milionário viúvo, tinha chegado no Brasil acho de que com uns 20 anos, pra estudar engenharia. Se formou, aí, quando pensou de voltar pra Argentina, o pai morreu, deixando todo o dinheiro pra ele, de maneira que ele montou uma construtora, foi na Argentina, mas só de trazer a namorada, a dona Rossa, de que na época devia de ser bonita, né? Então? Daí, ele foi ficando por aqui, porque a construtora começou a crescer. Construtora Belloni. É. Assim, em italiano. O senhor Rossé era argentino, mas tinha sobrenome de italiano. E chega a ser até engraçado, de que você já reparou de que todo argentino tem sobrenome italiano? Isso é que é uma vontade de ser europeu! Por isso de que eu não gosto de argentino. Quer dizer, do senhor Rossé eu gostava, mas no geral eu não gosto. Vê aí esse tal desse Maradona? Maconheiro safado! Quer dizer, esse deve mais é de ser farinheiro, de que maconha é coisa de pobre. Jogar bola, de que é bom, não jogava nada. Mas então? Aí, o senhor Rossé, com a tristeza de ter perdido a esposa e um filho de que nem era dele, se resolveu a vender tudo e voltou pra Argentina, amaldiçoando o Brasil... De novo. A Maria, eu perdi o contato, graças a Deus. E, além do dinheiro de que o senhor Rossé me pagou pelos tempos de serviço, fora o que eu tinha economizado durante esses anos todos, inda veio parar na minha conta, duma hora pra outra, uma dinheirama de que eu não sei daonde veio. Verdadeiramente, não sei. No começo, eu fiquei tipo assim meio encafifado e me resolvi a esperar um pouco antes de me resolver a gastar. Não. Não, senhor. Devolver, eu não ia, porque dado não é roubado. E, além disso, pra quem havera eu de devolver? Então? Na época, ninguém apareceu de reclamar o dinheiro, de maneira que eu me resolvi a torrar tudo. De maneira que ninguém pode provar nada contra mim. Tenho a consciência limpa como um recém-nascido. A vingança foi de Deus, não minha. De maneira que, com o dinheiro, comprei essa casa de que nós tamos hoje e inda um Passat zero quilômetro, de que acabei fazendo dele um táxi e virou meu emprego seguinte. Você tá lembrado de que eu falei de que também tem rico burro, não tá? Então? Olha só a história desse, coitado. Por causa dum rabo de saia. E cearensa, inda por cima. Eu, que sou pobre, sempre ganhei com a mulherada, ele, que era rico...

É. A vida da gente é engraçada. Um dia você tá aqui, no outro tá ali, um dia tá num emprego numa mansãozona, no outro tá trabalhando de motorista de táxi... E por aí vai. Mas você sabe de que eu até gostei do tempo de que eu trabalhei de taxista? Era um tempo bom, e, além de tudo, eu era o meu patrão, trabalhava o dia todo na rua pra lá e pra cá... Olha só, uma coisa de que eu não concordo é essa história de dizer do trânsito estressar. Isso é uma mentira da grossa. Quem diz de que se estressa no trânsito é da mesma categoria do sujeito de que bebe e faz merda e põe a culpa na bebida. Olha só o meu caso, nunca bati, nunca levei uma multa de trânsito, dirijo na velocidade permitida, não faço ultrapassagem proibida, enfim, sou um verdadeiro exemplo dum bom motorista. Pra não dizer de que nunca fiz nada de que não fosse permitido, aprendi de dirigir no carro do meu pai, em Santo Antão, antes de tirar a carta, mas na época eu era moleque, sabe como é, né? Pois é. Agora, falando do trânsito, o problema é de que o motorista leva pra rua os problemas de casa. O sujeito de que dirige tem de pensar de que tá passeando, relaxar. Ou então deixa o carro em casa e vai de ônibus, de metrô, sei lá. Por exemplo, eu sempre vi muito taxista fazendo barbeiragem, desrespeitando as leis de trânsito, achando de que a rua é dele. Motorista de ônibus, então, nem se fala. O sujeito tá lá em cima daquele bichão grande, que nem dele é, e pensa de poder sair por aí fazendo e acontecendo. Agora, pior mesmo é essa raça de motoqueiro. Isso é tudo delinquente. É. Marginal. Tudo uns bandidos de que tinham era de ser tudo preso. Eu tenho a maior preocupação de não relar num desses filhos duma égua, porque eles são que nem abelha, encosta num, do nada vem cem, sem nem querer saber de quem foi a culpa. Olha, eu vou te falar uma coisa pra você, tá cada vez mais difícil de dirigir nessa cidade. Primeiro, de que hoje em dia tirar uma carta de motorista é a coisa mais fácil do mundo. Qualquer troquinho de que o sujeito deixa na autoescola, já sai com a carta de motorista, sem conhecer placa, sinalização, nadica de nada. Isso é a indústria de assassinos. Se você fizer uma pesquisa dos acidentes de que acontecem, a maioria são de sujeitos de que compraram a carta. Sim, senhor. Outra coisa, carro velho. Lugar de carro velho é no ferro-velho. Eu vi no repórter uma vez de que no Japão um carro passou de dez anos já vai pro ferro velho. País civilizado é assim. Aqui no Brasil, é uma tal duma lataria na rua, soltando fumaça, vazando gasolina... Isso quando não é carro adapitado. É. Tá cheio de carro aí rodando a custa de botijão de gás. Um perigo. As estradas, fora os pedágios, que nascem que nem se fossem plantados, as estradas são uma vergonha, uma buraqueira só. Quando é ano de eleição, eles botam um pichezinho sem-vergonha de que só dura até o safado ganhar. Depois, a gente tem de esperar mais quatro anos, até outra eleição. Sim, porque obra, só em ano de eleição, de que é de mostrar pro povo deles fazerem alguma coisa. Já reparou? Pois é. Eu acho, e vou falar verdadeiramente, aqui pra nós, eu acho é de que tinha era de acabar com o voto direto. O povo não sabe votar, aí, quem paga é a gente, os cidadões de bem, trabalhadores. Primeiro, de que eu acho de que quem não tem capacidade de comprar um carro tem mais é de andar de ônibus, não tem nada de ficar comprando tranqueira aí de ficar poluindo a cidade. E é uma barulheira dos diabos. Onde já se viu? Eu vou te dizer uma coisa pra você, é tudo culpa desses comunistas de que tão aí. É. Comunista! Um bando de gente vagabunda, de que, além de não trabalhar, são tudo ateu. Tudo assim com aquele tal de Fidel Castro. E eles querem deixar o Brasil que nem Cuba. Você já viu no repórter a situação de Cuba? Já? Então? O caminho do Brasil é esse. Você não lembra de que antes dessa tal de eleição direta como não era melhor? Não era? Era. Eu vou te falar uma coisa pra você, cada compra de que eu fazia, enchia o carro até a boca, faltava deu não caber dentro. Agora, xiii! Trago duas sacolinhas magrinhas magrinhas. E olha de que eu não ganho mal. Um país precisa de pulso forte. Você lembra daquela época de que o Tancredo morreu? Eu tenho comigo de que aquilo foi um sinal de Deus de mostrar de que o país devia de continuar como tava. As pessoas têm de aprender de entender os avisos de que Deus dá. O povo é muito inguinorante. Você vê só aquele rapaz, o Collor. Já falei dele, não já? Então? Um homem direito, decidido, falava não sei quantas línguas, aí inventaram aquelas coisas todas contra ele e ponharam o coitado pra fora. Uma vergonha! O mundo todo viu. Agora, diz pra mim, que credibilidade tem um país de que se resolve de expulsar o próprio presidente? Nenhuma! Por aí você vê. Se nem o presidente tem tranquilidade de governar, que dirá o trabalhador comum... O homem caçava os marajás lá em Alagoas, foi por isso. Quem botou ele pra fora foi a mesma corja dos que ele tinha mandado de prender. Eu, verdadeiramente, não sei onde é da gente parar. Antigamente, essa turma de agitador, comunista, ia tudo pra cadeia, inda levava uma boa surra, de maneira a aprender de respeitar as autoridades. Artista, por exemplo. Quando artista começava com essa coisa de meter o pau no governo, ou ia preso ou fugia pro estrangeiro. Um bando de efeminado, com aquelas roupas esquisitas, aquelas cabeleiras de parecer até ninho de rato, botando minhoca na cabeça juventude. O problema do mundo é de que quando aparece um líder de verdade, que nem já teve muito francês, alemão, russo, enfim, quando aparecem uns sujeitos assim a fim de passar um pente-fino no mundo, logo um bando de viadinho se junta de tirar do poder. Por isso de que eu sou a favor das guerras. É. Sou. A gente só sabe quando o país é um país de verdade depois duma guerra. Por exemplo, o Brasil. Uma juventude frouxa, um governo sem autoridade, só podia dá' mesmo nisso de que deu. A minha maior tristeza foi de não ter servido o exército. Naquela época, eu morava em Santo Antão, e lá quase ninguém servia. Se eu subesse, eu tinha vindo mais cedo pra São Paulo, de repente até tinha entrado na carreira militar. Já pensou? Escuta só como fica bonito, "Sargento Isidoro." Fica ou não fica? "General Isidoro." Fica ou não fica? Fica. Então? Você vê por exemplo os Estados Unidos. Eu, pessoalmente, não gosto de gringo cantando de galo no nosso país, mas duma coisa eu tenho de adimitir, eles são um povo valente. Isso, são. Por isso de que eles deitam e rolam no nosso país. Olha só esse presidente deles, de que foi reeleito agora. O homem é do tipo do Collor. E puxou pro pai dele, aquele de que já foi presidente antes. É. Tem coisa de que é de família, passa de pai pra filho. E por que é que reelegeram ele? Porque ele tem pulso. Se o Brasil tivesse um presidente de pulso de que os Estados Unidos têm, com essa riqueza toda, essa grandeza toda de que a gente possui, não ia ter pra ninguém no mundo. Agora, um país de frouxo, de gente de que só quer saber de jogar futebol e pular Carnaval... Sem chance. Mas o que se há de fazer? Uma andorinha só não faz verão. É ou não é? É. Eu, se tivesse uns dez anos menos, inda acabava entrando na carreira política, mas agora já tô velho. Quer dizer, velho velho eu não tô, de que na política tem um bando de velho mais velho do que eu, mas é de que eles começaram cedo. Eu, com a idade de que eu tô, se fosse pra começar hoje, até me firmar de conseguir ser algum deputado, ou alguma merdinha pouca dessas, ia demorar uns dez anos, aí eu já não tenho essa paciência toda. Não. Depois, podia de ser daté alguém querer me tirar do poder deu tá' fazendo coisa boa pro povo. Você veja o exemplo do Collor. Hoje em dia esse homem é um santo, perto do que tá acontecendo por aí, essa roubalheira toda. Eu, em? Prefiro é de ser motorista mesmo, ganhar meu dinheirinho honestamente e voltar pra casa tranquilo, deitar minha cabeça no travesseiro e dormir que nem uma criança. Porque eu vou te falar uma coisa pra você, a pessoa de que não deve tem o sono tranquilo. Quando você vê aí essas pessoas falando de que têm de tomar remédio pra dormir, de que têm uma tal duma... como é que é mesmo? Sônia... Isso. Insônia. Que porra de insônia que nada! Isso aí é gente de que deve! É. Consciência pesada. Se tem uma coisa de que eu nunca tive, foi problema de dormir. Não, senhor. Tudo bem de que tem aqueles dias de você tá' mais preoucupado com uma coisa ou outra, mas nada de que meu vinhozinho não resolva. Não, senhor. Quem tem a consciência tranquila dorme sossegado. Só que com a luz acesa. Quê? Não. Meus remédios são outra coisa. Bobaginha. Eu não falei pra você de que eu tomo até junto com o vinho? Então? É.

Então? Onde é que eu tava? Á, sim. No táxi. Olha só, deixa eu fazer as contas. Quando eu comecei a trabalhar com o senhor Rossé, era final de 77. É. Novembro. Quando a dona Roça morreu, era meio do ano de 79. Vai fazendo as contas. Aí, o senhor Rossé casou com a Deise um ano depois, em junho de 80. É. Ou julho, por aí. Quando a Deise morreu, era setembro de 81. Quando o senhor Rossé conseguiu de resolver todas aquelas papeladas da empresa e da construtora, passar tudo pra frente e voltar pra Argentina, foi em fevereiro de 82. Poucos dias antes do Carnaval. De maneira que eu caí na farra, naqueles salões de meu Deus, com o bolso cheio de grana e sem me preocupar de tá' de volta no trabalho no dia seguinte. Foi umas férias merecidas. De maneira que, quando eu comprei essa casa e comecei a trabalhar de taxista, era época da Copa do Mundo. Bem no final de maio. Eu não tava nem com 28 anos ainda, que eu sou de dezembro. Primeiro.

Hoje. Quer dizer, ontem. De que já passou da meia-noite. É. Abro o último mês do ano. Sagitário. Metade homem, metade cavalo. Pelo tamanho do pau, dá pra perceber qual é a metade cavalo, né? E dizem de que os últimos serão os primeiros, de maneira que eu, de que sou o primeiro dos últimos, tô esperando pelo menos a oportunidade de ser o último dos primeiros. Mas, verdadeiramente, não me queixo, não. De verdade. De que tudo de que cada um recebe é conforme o seu merecimento. Motivos eu tenho mil de me queixar, mas, se eu pensar pelo outro lado, tenho um milhão de motivos de agradecer. Olha só, tem gente por aí de viver se maldizendo, olhando pro que é do vizinho, com olho-gordo... É. Olho-gordo. E se tem uma coisa de que eu não suporto é olho-gordo. Odeio. Prefiro o mentiroso e até o ladrão do que o invejoso. Eu, se tivesse poder, dava a pena de morte pro invejoso. Porque é uma raça de que não precisa no mundo. Primeiro, de que pra eles nada dá certo. Tudo de que eles fazem dá errado. Reparou? Pois é. Depois, ficam olhando pro carro do vizinho, pra mulher do vizinho, pra casa do vizinho, aí acaba de que, se o vizinho não é um sujeito abençoado que nem eu, acaba perdendo tudo, carro, mulher, casa, tudo! E por quê? Por causa do bendito, aliás, do maldito do olho-gordo do outro. E você sabe de que é um problema sério esse? Porque tem vez do olho-gordense ser até pessoa simpática e nem saber de que traz essa sina com ele Que nem doença de que passa de pai pra filho. É. Doença genérica. O sujeito nem imagina, mas já tá contaminado. Uma tristeza. Nesse caso, eu até perdoo. Prisão perpétua tá bom, porque de dentro da cadeia o olho-gordo perde a força. Mas praquele de que em sã consciência inveja o que é dos outros... morte. Só a morte de dá' jeito. E isso não chega de ser nem assassinato, é mais como nas guerras eles não chamam de sacrificar, não é? Então? É um sacrifício em favor da humanidade. E pode ver de que o olho-gordo é uma doença de que na maioria das vezes ataca mais o pobre do que o rico. Dificilmente você vê um rico com olho-gordo proutro rico, ou pobre. E sabe por quê? A explicação é simples, trabalho. Falem do que falarem, o rico trabalha. Não tem tempo de ficar olhando pro que o vizinho faz ou deixa de fazer. Já o pobre fica na janela, ou no bar, sei lá, olhando a vida passar e falando mal do vizinho. Já reparou? Pois é. Inventam de tudo, põem a culpa no desemprego, na injustiça, enfim, no eticétera eticétera. Mas, voltando ao que interessa, eu trabalhei de taxista muitos anos. Foi um emprego onde eu aprendi muito. Sim, senhor. Se eu disser de que não aprendi, aí eu vou tá' mentindo. Aprendi. E olha, trabalhei, viu? Praticamente naquele tempo eu só vivia de trabalhar. Não. Tive os meus casos, claro, de que ninguém é de ferro. Mas chega a ser até engraçado de que, durante todo o tempo de que eu trabalhei de taxista, não apareceu nenhuma mulher de me pegar assim de jeito. O taxista tem um grande problema de arranjar mulher, a mulher de que tem o mesmo nível social dele na maioria das vezes não pega táxi, a não ser se for caso de doença, e assim mesmo coisa urgente, de não dá' pra ir de ônibus. Já a mulher de que pega táxi não é pro bico dele. Na maioria das vezes são as riconas, e ricona nunca foi de gostar de taxista. Não. Não vou dizer de que não teve as de que me deram bola, senão aí eu vou tá' mentindo, teve, mas mulher ricona, quando se achega num taxista, na maioria das vezes é só de desafogar as mágoas. Dá uma e vai embora. Não deixa nem o telefone. Á, e se vê o sujeito de novo, muda de calçada, ou pega o táxi de trás, enfim, finge de não tá' vendo o infeliz de que comeu ela com tanto gosto. É. Aí, nesse caso, parece do taxista ser o pissicólogo dela. Comigo aconteceu um monte de vez, mas eu nem esquentava. Fazia o meu serviço como se fosse um doutor aplicando uma injeção no paciente e ia embora, tranquilo, com a sensação do dever cumprido. E o tempo foi passando, foi passando, aí chegou um dia deu parar e pensar, "O que vai ser do meu futuro?". Sim, porque eu reparei na situação dos taxistas em geral e vi de que nenhum deles subia na vida. Reparou? Não, senhor. Todo o dinheiro deles ia pra manutenção do carro. Tinha vez de varar madrugada trabalhando, enfim, um monte de coisas de que ajudavam a atrapalhar na profissão. Mas, olha só, verdadeiramente, foi um acontecido de que aconteceu comigo de me fazer pensar na minha situação.

Naquela época, eu era um homem sozinho, não tinha amigo, não tinha família, não tinha nem uma namorada. Tinha só essa casa, mas não tinha mais ninguém de morar dentro. De maneira que a hora de que eu menos gostava de ficar em casa era de madrugada, daí que era minha hora preferida de trabalhar. Ganhava mais e não precisava de ficar bebendo meu vinho suave até cair na cama, esquecido da vida. Não, senhor. Preferia de trabalhar de madrugada. E foi justamente por isso deu ter comprado o meu três-oitão. Não. Nunca usei. Nunca usei porque não precisei, porque se tivesse precisado tinha usado. Tudo bem de que eu confio em Deus, mas não tem o ditado de que Deus ajuda quem se ajuda? Não tem? Tem. Então? Eu, nessa época, ficava sempre parado em frente dum hotel nas proximidades da Paulista, perto do Trianon. Porque ali sempre tinha uns turistas de que gostavam de ir prumas boates, de maneira que sempre tinha corrida. Aí, numa dessas madrugadas, dois sujeitos entraram no táxi e me pediram de tocar pra Diadema. Eu achei estranho, porque naquele local nunca tinha pegado ninguém de querer ir pra Diadema, inda mais de madrugada. Mas, obediente, toquei. Do retrovisor interno, reparei de que eles tavam meio afobados. De vez em quando, olhavam pra trás, meio assustados assim na aparência, não sabe? E agora mesmo eu lembrei de que teve até uma hora deu passar perto duma viatura e pareceu deles virarem o rosto de não serem vistos.

De maneira que, pra puxar conversa, eu perguntei, "Que local de Diadema exatamente?", no que um respondeu, meio mal-educado, "Toca pra lá de que quando chegar perto eu aviso". Aí, eu fui ficando cada vez mais cabreiro. Percebi de que um tinha uma mala e outro uma sacola, e na hora eu percebi de que devia de ter sido assalto. Eu nunca tinha sido assaltado, e, além do mais, confiava no meu santo protetor, de maneira que fiz o sinal da cruz tipo assim meio camuflado e continuei. Um olho no volante, o outro no retrovisor e um terceiro no porta-luvas. Porque era lá de que eu deixava o meu três-oitão. É. Já tava pronto pra se precisasse. Aí, quando chegamo lá, foi um tal de vira pra direita, vira pra esquerda, de que eu já tava até zonzo. Foi quando eles me mandaram parar e, na hora de pagar, um sacou um três-oitão na minha direção e falou, "Volta por onde você veio e não olha pra trás. E nada de bancar o herói, viu?". Foi aí de que eu pensei, "Fodeu", porque ele sacou do três-oitão dele mais depressa do que eu, de maneira que eu pensei de que, se fosse num filme de bangue-bangue, eu já tava morto. Foi aí de que eu olhei pro que tava com o revólver, olhei firme, sem falar nada, mas querendo demonstrar deu não tá' com medo. Tá' eu tava, se eu disser de que não tava, aí eu vou tá' mentindo, mas eu tenho o meu orgulho também. Um vacilo deles e eu pegava o três--oitão. E eu tive também o seguinte pensamento de que se eu deixasse deles perceberem de que eu tava com medo, eles iam de querer pegar o meu táxi sempre, de que eles sabiam onde era o meu ponto. É ou não é? É. Então? Aí, o sujeito me encarou também e, quando eu pensei de fazer alguma besteira, o sujeito caiu numa risada e falou, "Olha só se não é o chofer nosso amigo! Se cuida, chofer, de que a cidade tá cheia de ladrão!". Aí, ele puxou uma nota das grandes e me jogou no rosto. Aí, eu não entendi nada... Quer dizer, aí foi de que eu entendi tudo. E percebi de que tava na hora de mudar de emprego.

E hoje você veja a minha posição. Encarregado do setor de transportes. Registrado, com direito de férias e décimo terceiro, plano de saúde e o escambau. Senhor Isidoro. Não deu de ser sargento Isidoro, mas senhor Isidoro, encarregado do Transportes, já é uma grande coisa. Mas muita água rolou até aqui, se eu disser de que não rolou, eu vou tá' mentindo. Mas não me arrependo dos meus tempos de taxista, não. Não deixou de ser um aprendizado. Eu conheci muito da natureza humana ali, levando aqueles sujeitos todos, um mais diferente do que o outro. E, no fundo no fundo, todo mundo igual. Com uma pressa danada de ir pra lugar nenhum. Sim, senhor. De que tem vez deu mesmo pensar, apesar de ser um crente em Deus, tem vez deu mesmo pensar de que o quilômetro final da vida do ser humano é o lugar nenhum. Mas isso é só quando eu tô com a cabeça quente. Por isso de que o doutor me dá aí uns remédios, de que é preu esfriar a cabeça. Nos outros dias, eu acredito na vida eterna. Sim, senhor. Mas então? Onde eu tava? Á, sim. E olha só, chega a ser até engraçado de que quando eu larguei de ser taxista era bem na época da Copa do mundo de 86. Sim, senhor. Fechei um circlo. Quê? Circlo. É. Cir-clo. Deixa pra lá. Nessa aí eu também encontro uma certa dificuldade. Mas o importante é de que eu fiz ficha na empresa onde eu tô até hoje, me chamaram pra entrevista e eu, muito humildemente, falei minha opinião sobre a verdade das coisas, do serviço de taxista e dos porquês da minha saída... Quer dizer, não cheguei a falar do ocorrido de Diadema, mas isso aí também já não era assim de necessária necessidade. O que sucedeu foi de que a entrevistadora foi com a minha cara e é graças a ela de que eu tô lá até hoje. E chega a ser até engraçado, de que a entrevistadora era justamente a Fatinha. Você viu só do que faz na vida dum homem escolher o emprego certo? Ela gostou de mim tanto a ponto de depois largar o emprego e se resolver a casar comigo e virar do lar. Essa gostou de mim. Sim, senhor. Porque na firma ninguém sabia do nosso caso, de maneira que quando a gente se resolveu a casar ia ter de todo mundo saber, de maneira que eu, de que já tinha essa casa, dei a ideia dela ficar tomando de conta do lar. E você veja que mulher! De que até mais do que eu ela ganhava. E largou tudo de ficar fazendo comida pra mim. E me dando. E sabe duma coisa? ATCHIM! Eita, que parece de que eu vou é pegar uma gripe. Também, com esse frio da miséria... Então? Sabe duma coisa? Nessa época, já tava rolando aí esse papo de aids, de maneira que eu achei de já ser tempo suficiente dum homem ter uma família e tomar um rumo na vida. Casamos em dezembro de 88. Eu tinha acabado de completar 34 anos, e a Fatinha tinha 24. Instruída. É. Esclarecida. Era formada em pissicologia. Já falei, não já? Pois é. E loura. E olha que, verdadeiramente, o fato dela ser pissicóloga pra mim teve menos validade do que o fato dela ser loura. E, verdadeiramente, se eu disser de que não foi ela de que me botou no prumo, aí eu vou tá' mentindo. Sim, senhor. Existiu um Isidoro antes e outro depois da Fatinha. Que nem essa, acho de que só a Délia. Só tem de que era preta. E puta, né? Não dava. Quer dizer, dava, mas não dava. Sabe como é que é, né? Já a Fatinha, essa me amou com um amor de que eu nunca vi igual. Pra ela, não tinha outro homem na fase da terra. Era Isidoro e Deus. É. Nessa orde. ATCHIM! Porra! Então? Eu já falei de que o sonho da minha vida sempre foi de ter um filho? Já, não já? Então? Foi. O foda é de que, como eu sou assim meio desse jeito de que eu sou, sempre tive medo do filho nascer puxando pra vó, de maneira que atrasei o máximo essa história... Inda mais depois da Deise e daquele filho de que nem vivo nasceu. Mas aí, com a Fatinha, veio aquela camaradagem, aquele entendimento, de maneira que eu criei coragem e me resolvi a tentar. Chega uma hora na vida do homem dele ter de escolher o caminho de que vai seguir pro resto da vida, de maneira que eu opitei de ser pai, mesmo sabendo dos riscos. Afinal, a Fatinha tinha casado comigo na igreja e tudo. De véu e grinalda, que nem dizem. Não. Virgem não era, mas achar uma virgem em São Paulo nessas alturas do campeonato já era querer demais. De maneira que eu botava fé no meu taco e, de mais a mais, a comparação sempre vem a favor de quem tá por cima, no caso, eu. De maneira que eu acho até bom quando uma mulher de que não é virgem se enrabicha por mim, porque aí eu sei dela já saber das coisas e não me escolher por desinformação. Já uma virgem, essa tem menos conhecimento. É ou não é? É. Você veja, por exemplo, os casos de que tem por aí de gente de que casa novo. Não dá dez anos... Que dez anos o quê! Não dá nem cinco, já tão separado. Chutando alto. E por quê? Porque a mulher se arrepende. Não sabe nada da vida e fica curiosa... E eu vou te dizer uma coisa pra você, a pessoa de que inventou a curiosidade devia era de morrer matada. De que a curiosidade só atrai desgraça. Sim, senhor. De maneira que eu prefiro as experiente. Mas então? Á, tava falando de que eu queria ser pai. Só tem de que demorou um tempo até eu me resolver. A Fatinha tomou comprimido um bom tempo, mesmo sabendo de não fazer bem pra ela. Boa alma, a coitada. Tinha vez dela jogar um verde, de ver se já era tempo deu mudar de ideia, mas bastava eu fazer um rã-ram pra ela entender dainda não ter chegado o tempo. Foi quando ela começou a engordar deu perceber de que não era justo eu fazer isso com ela de que já tinha feito tanto por mim. Aí, eu falei dela parar de tomar o comprimido de que a gente ia fazer um filho. Rapaz! Precisava de ver a alegria dela. E ria e chorava e ria e chorava e tudo ao mesmo tempo, parecia daté ter endoidado. Aí, foi tiro e queda, de que eu sou rápido pressas coisas. De maneira que nove meses depois nasceu a Cidinha, em agosto de 91. Toda moreninha. A Fatinha, quando pegou ela no colo a primeira vez, chorou tipo assim uma meia hora, sem nem saber verdadeiramente por que tava chorando de verdade. E eu fiquei com uma culpa danada. Fiquei. Porque eu sabia de que ela tava chorando porque não tinha me dado um filho homem. É. A gente já sabia antes de que ia ser menina, mas foi só na hora de que ela pegou a neném no colo, de que se deu conta. Cesariana. Foi. E o doutor teve um trabalhão danado de salvar as duas, mas no fim acabou conseguindo. Só tem de que ele disse de que, se a Fatinha quisesse viver muito tempo, era melhor dela desistir da ideia de ser mãe de novo. De maneira que eu fiquei numa tristeza da miséria, ali, com uma filha mulher, bem moreninha, quase preta, e uma mulher de que não podia de ser mãe de novo. Verdadeiramente. Acho de que foi por causa dessa culpa da Cidinha nunca ter falado. Já nasceu culpada. Coitada. De maneira que, quando eu levei as duas pra casa, a Fatinha tava num silêncio de dá' até dó, de maneira que no carro mesmo eu fui desembuchando toda a minha história. E, verdadeiramente, ali, naquele momento, enquanto eu dirigia e contava minha história pra ela, de que, vendo aquelas lágrimas descendo do rosto dela que nem uma cachoeira, de que eu, verdadeiramente, percebi de que ela era a mulher da minha vida. ATCHIM! Porra! ATCHIM ATCHIM! Arre! Você não leva a mal deu me assoar assim na sua frente, não, né? É de que é caso de precisão. Pronto. Vai passar logo. Então? Onde é que eu tava mesmo? Á, sim, no nascimento da Cidinha. Maria Aparecida. Foi o nome de batismo de que a Fatinha se resolveu a dá' e eu não disse de que não, depois de tudo o que ela passou nesse parto. Verdadeiramente, com a Fatinha foi de que eu aprendi a ser homem. Sim. Homem de verdade. Meter, eu sempre sube, desda Raimunda. É. Raimunda. Não contei, não? A safada de que me descabaçou e me deu aquela doença no pau? Então? Meter, eu sempre sube, mas ser homem de verdade não tem nada de ver com saber meter. Não, senhor. Ser homem é responsabilidade, respeito, carinho. E disso eu só aprendi com a Fatinha. Possa ser de que foi por causa dessa tal da faculdade dela aí de pissicologia de que ajudou dela me ensinar a ser um sujeito melhor, porque ela, verdadeiramente, foi a pessoa de que eu conheci de que possuía mais pissicologia. Sim. Mais até do que a Délia. E chega a ser até engraçado, de que uma aprendeu a tal da pissicologia na faculdade, e a outra, na putaria. É. Existe esses dois tipos de escola. Mas não tem comparação. Não, senhor. Que com a Délia eu era moleque, já com a Fatinha eu já era homem formado, com casa própria, profissão. Mas, ó, o mais difícil foi de esconder a Cidinha das pessoas. Quer dizer, difícil difícil assim não foi tanto, que eu nunca tive amigo de frequentar em casa, e a Fatinha até tinha antes, mas depois do casamento ela acabou através daquela pissicologia toda dela entendendo o meu jeito assim desse jeito, de maneira que evitava de chamar as pessoas em casa. Boa alma. E você sabe de que a mãe dela nunca sôbe de nada? Não, senhor. A Fatinha nunca contou pra ela do meu segredo. A mãe da Fatinha era morena, mas não tinha parentesco com preto, não, era assim meio puxado pro índio, por isso, talvez foi de que eu gostei da Fatinha ter aquele cabelão louro com aquela cor bronzeada de que ela tinha. Era pintado, mas era bonito. Parecia de ser carioca. Então? Só teve de que aí, pouco tempo depois, a mãe dela, de que já era viúva, veio a falecer também. De maneira que a família toda da Fatinha passaram a ser só eu. Então? Mas o fato é de que tem coisa na vida dum homem de ser dele morrer sem conseguir de fazer. Por exemplo, no meu caso, foi de ter um filho homem. Hoje em dia eu já desisti, nem penso mais, mas naquela época foi uma tristeza medonha. Foi. De maneira que a casa toda ficou triste. Eu, a Fatinha, e até a Cidinha, muda daquele jeito, de nascença, escondida do resto do mundo, tudo era uma tristeza só. E, verdadeiramente, deve de ter sido por isso de que a Fatinha, mesmo contrariando as ordes do doutor, se resolveu a engravidar de novo. Levou um tempo dela se decidir, mas enfim decidiu. Quando ela me contou, me veio até um cisco no olho, de que homem não chora... Sim, senhor, me veio até um cisco no olho de ver o amor daquela mulher por mim. E tudo pra me dá' um filho. Morreu de me fazer os gosto. E no fim acabou não conseguindo. Quer dizer, conseguir conseguiu, de que o menino nasceu. Branquinho branquinho. Só que morto. É. Mortinho da silva. E levou ela junto. Coitada. Morreu de me fazer os gosto. Não. Isso é um cisco. É. Outro. O doutor eu não vou culpar, não, de que eu não sou inguinorante. Tudo de que ele podia fazer, ele fez. Inclusive, ele já tinha avisado antes. Foi o mesmo do parto da Cidinha. Mas não foi por isso, dele já ter avisado antes, de que ele esmoreceu. Não. Ele acompanhou ela o tempo todo. Sim, senhor. E você precisava de ver a minha alegria quando ele mostrou lá naquela televisão de que eles têm lá no hospital de que o meu filho ia ser homem. Rapaz, foi uma alegria doida, de dever daté ser proibido um sujeito sentir uma alegria assim sem tamanho de depois sentir uma tristeza assim do tamanho do mundo. A Fatinha, pode-se dizer de que, quando morreu, levou junto com ela um pedaço do homem de que eu fui e de que nunca mais vou conseguir de ser de novo. Não, senhor. Arre! Danado de cisco da miséria! ATCHIM ATCHIM ATCHIM! Cacete! Á! Mas então? Foi aí de que eu me resolvi a ser crente. Quando a Fatinha morreu, a Cidinha tava com seis anos. E muda daquele jeito, eu achei de que não valia a pena dela ir pra escola, de maneira que eu deixei ela em casa, tipo assim, como se fosse minha empregada. Não, eu sei de que ela era criança, mas é de que no fundo no fundo ela sempre foi adulta. Parece de que já nasceu de maior. Nas coisas de casa, sempre foi de deixar tudo um brinco. Sim, senhor. E você vê como são as coisas. Quando uma filha puxa pra mãe numa coisa, não precisa nem de ser ensinada. Não, senhor. Que, quando a Fatinha morreu, a Cidinha inda tinha 6 anos. Mas tudo de que a mãe tinha de talento pras coisas de casa, a Cidinha teve também.

Á! Mas eu esqueci dum detalhe importante. É. Do porquê da Fatinha ter se resolvido a engravidar de novo. Foi o seguinte. Eu sempre gostei de ir trabalhar de carro. Ia com meu carro, deixava no estacionamento da firma e pegava o carro da firma pra trabalhar. Só tem de que, nos últimos anos, eu tava me acostumando de ir vez ou outra de ônibus. E, na hora de ir embora, dava uma passadinha no boteco e tomava umas e outras. Teve vez deu chegar em casa tão bêbado, de no dia seguinte nem lembrar do que tinha acontecido. Sim, senhor. Teve vez dela me dá' banho e me botar na cama.

Teve até um dia de que eu vomitei na pia do banheiro e lá foi ela pegar aquele vomito e despejar na privada. Coisa triste de ver. Foi por isso dela querer ter esse filho, pra ver se me tirava do vício. E, verdadeiramente, acabou me tirando mesmo, mas não do jeito de que ela pensou. Aconteceu de que, quando ela morreu, aí de que eu aumentei os porres. Antes, era uma vez ou outra, depois era todo dia. E foi num dia desses de que depois dum porre, quando eu desci do ônibus, reparei naquela igreja de crente. É. Quase em frente do ponto de que eu desço tem uma igreja de crente. Só tem de que eu nunca tinha reparado nela, quer dizer, reparar eu reparava, mas nunca tinha me atraído. Só de que nesse dia alguma coisa me chamou de entrar. Possa ser até de que foi Deus, porque, na hora de que eu entrei, o pastor falou bem assim, chega eu me arrepiei todo, "Você, meu amigo, de que acaba de entrar. Sua vida tá uma droga e você só encontra amigo na bebida, largue disso, meu irmão! O nosso único e verdadeiro amigo é Deus. Faça um teste, deixe de beber durante um mês e, em vez disso, aceite Jesus no seu coração. Um mês. Só um mês. Depois, você me diga se sua vida mudou ou não". De maneira que eu aceitei. E, rapaz, vou te falar uma coisa. Não é da minha vida ter mudado mesmo? Só não larguei do meu vinhozinho noturno, á, isso, não! Só de que eu não contava isso pro pastor. É de que eu pensei tipo assim, se o vinho não fosse boa coisa, Jesus não tinha feito aquele milagre de transformar água em vinho, né não? É ou não é? É. Ele tinha era transformado vinho em água. ATCHIM ATCHIM ATCHIM ATCHIM! Ê, cacete! Mas então? De maneira que eu me resolvi a aceitar Jesus. Um dia fui até lá na frente contar minha história. Só não contei de que eu era preto, até porque, verdadeiramente, eu não sou. Mas minha vida virou um mar de rosas. Em um ano eu já sabia da Bíblia de cor e salteado. Á, é. Eu disse de nunca ter lido um livro, né? Mas a Bíblia eu li. E, verdadeiramente, a Bíblia não é tipo assim um livro, no sentido mentiroso da palavra, a Bíblia são acontecidos mesmo. Tudo coisa de que aconteceu. De maneira que eu não lia como quem lê um livro, eu lia como quem lê um jornal. E acho de que foi por isso deu ter sido promovido a encarregado na firma. Não de que antes eu não fosse um bom funcionário. Bom funcionário eu sempre fui, só de que as línguas são maldosas, de maneira que o que você faz fora do seu horário de serviço acaba chegando nos ouvidos da chefia. E, se isso era rúim antes, depois foi bom, porque acho de que só me promoveram porque ficaram sabendo deu ter virado crente. Sim, senhor. Com certeza. E olha de que eu fiquei seis anos frequentando a igreja. É. Seis anos são uma vida. Sim, senhor. Mas parece de que a sina de tudo é se acabar, não é? É ou não é? É. De maneira que minha vontade de frequentar o culto também se acabou. Foi assim. Eu sempre fui um sujeito obisservador, e, como eu já disse antes, comecei a reparar do pastor ser sempre o de que se vestia melhor e o de que tinha o carro melhor. Também era o de que tinha a esposa mais bonita. Sim, senhor. Uma senhora loura. Eu tinha até de me segurar de não cair no pecado pensando nela. E também porque ela me dava uma certa bola. Se eu disser de que não dava, aí eu vou tá' mentindo. Que dava, dava. Só de que eu não achava certo, de maneira que eu me fingia de desentendido. Até que aconteceu aquela coisa. Mas, pra eu contar isso, você vai ter de me prometer de guardar segredo. Primeiro, porque ninguém vai entender e segundo de que ninguém tem nada com isso, de maneira que, de toda maneira, é melhor de você guardar segredo. E também porque, se você contar pra alguém, aí a sua vida passa a deixar de ter validade. Não, isso não é uma ameaça, de que eu não sou homem de fazer ameaça. Isso é só um aviso. Então? Se a gente se entendeu, eu vou começar. Mas acho bom de você não me interromper. Porque é melhor de você analisar a questão em silêncio, de que é a melhor maneira de avaliar o certo e o errado das certezas. É. Em silêncio.

ATCHIIIIIIIIIM! Vai pro diabo, gripe da miséria! Arre! Então? Naquele dia, quer dizer, era noite, né? Depois do culto. Devia de ser umas dez e meia da noite. De maneira que eu vinha pensando comigo deu já ter criado um certo sentimento rúim com relação àquele pastor. Não de que ele tivesse feito nada de rúim pra mim, não. Se tinha alguém de querer fazer alguma coisa rúim pra alguém era eu. De que já tava de olho naquela lourona dele fazia tempo. E vou te dizer uma coisa pra você. Verdadeiramente, eu só não tinha era encontrado oportunidade de arrastar aquele mulherão. Ali na igreja, era complicado. De maneira que eu vinha assim desenvolvendo esses pensamentos todos e querendo achar um jeito de que o pastor fosse culpado dalguma coisa, deu não me sentir errado de fazer as coisas de que eu queria fazer. Foi quando eu cheguei em casa. Logo, estranhei de procurar pela Cidinha na casa toda e nada dela. Aí... Rapaz, agora, eu me arrepiei mesmo, olha só. É de que você sabe de que eu encontrei ela do mesmo jeito de que encontrei hoje? Só tem de que naquele dia ela tava viva. Tava chorando, sentada no chão, com o chuveiro ligado. E toda ensanguentada. Eu, quando vi, pensei logo besteira, e fiquei desesperado. Mas foi só quando eu desliguei o chuveiro de que olhei bem, deu perceber dela tá' menstruada. É. E chega a ser até engraçado, de que eu abracei ela (e acho de que foi a primeira vez deu ter abraçado ela) e, enquanto ela chorava, eu ria. E ria e abraçava, e alisava o cabelo dela, e aí eu disse pra ela (e eu nunca fui de falar muito com ela), aí eu disse pra ela, "Filha, você virou mulher. É, filha. Deixou de ser criança. Isso não é nada não, viu? É só um sinal de que você virou mulher". Aí, ela me olhou com aqueles olhão arregalado dela, aqueles olhão cinza de que ela tem, tinha, aí parou de chorar. Aí, nem riu nem chorou. Só se abraçou com as duas mãos, escondendo o corpo, porque foi só naquela hora dela ter percebido de tá' pelada na minha frente. Ela era inteligente, não sabe? Que nem a mãe. Entendia as coisas rápidas. Apesar de não ter estudo. Aí, eu mandei dela terminar o banho. Sabe, ela não falava, mas entendia tudo de que a gente dizia. Só falar, de que não falava mesmo. Aí, no dia seguinte, eu não fui no culto. Não, senhor. Me resolvi a dá' um tempo de culto. Só não sabia era de que ia dá' um tempo pra sempre. É. Porque eu acabei não voltando nunca mais lá. Umas duas ou três vezes, o pastor veio em casa, mas eu não atendi. Deixei a campainha tocar daté ele desistir. E sabe de que foi melhor assim? Porque senão eu ia acabar comendo a mulher dele, aí, com que cara eu ia olhar pra ele, com aquele ternão bonito, vistoso... E corno? De maneira que eu não fui mais. Parei de ir. Então? Fiquei umas noite em casa, pensando na vida. Uma semana depois mais ou menos, eu cheguei do trabalho e fui tomar meu banho enquanto a Cidinha preparava a janta pra mim. Acabei, vesti uma roupa e fiquei na mesa, tomando o meu vinho e esperando dela fazer meu prato... É. Ela é quem fazia o meu prato. Que nem a mãe dela. E a minha. E você sabe de que naquela noite eu lembrei da minha mãe, olhando pra Cidinha? Fazia um tempão danado de que eu não pensava nela e nessa noite eu pensei. E é até engraçado, porque eu não vi minha mãe ficar velha, de maneira que eu penso nela daquele jeito de que ela era quando eu tinha 18 anos, de maneira que eu lembro dela como se ela fosse mais nova do que eu. De maneira que, quando a Cidinha me troxe o prato, eu alisei o cabelo dela. Alisei é modo de falar, de que eu nunca vi um cabelo mais liso do que o dela. Eu quis dizer deu ter passado a mão pelo cabelo dela, como se tivesse passando a mão no cabelo da minha mãe. E ela se arrepiou todinha e correu pro quarto. E eu fiquei ali, meio sério, pensando na vida, enquanto comia e bebia meu vinho. E você sabe de que fui eu quem comprei o modes pra ela? É. Com uma vergonha danada, fazendo cara de mau na farmácia, de ninguém fazer piadinha. E eu quem ensinei dela usar. Tive de ensinar, né? Se não fosse eu, havia de ser quem? E, rapaz, foi nesses dias de que eu passei assim meio lesado, acho do sangue ter subido todinho pra cabeça. Eu lembrava da minha mãe e da história de que o meu pai contou do dia de que ele conheceu ela, e essa história foi se repetindo na minha cabeça, só de que eu imaginei de que eu era meu pai e a Cidinha era minha mãe. E essa história ficava se remoendo na minha cabeça, e se remoía, e se remoía, deu até sonhar aquele sonho de que eu tava mamando no peito da minha mãe, aí, quando eu olhava pra cara dela, já era a Cidinha. Aí, eu acordava todo suado, assustado que só o capeta. Aí, foi de que eu perdi a cabeça de vez. Foi tudo do mesmo jeito. Só que no outro dia. A Cidinha fez o meu prato, aí troxe, eu alisei o cabelo dela, ela se arrepiou, só tem de que, na hora dela correr, eu segurei o braço dela. E, quando eu segurei o braço dela (ela tava usando um vestido), um desgramado dum peito saiu pra fora do vestido. Pequenininho. Todo marronzinho, com o bico bem escurinho. Aí, eu repeti o sonho, porque eu, inda segurando ela pelo braço, passei a outra mão em volta dela e troxe ela pra perto de mim. É. Eu chegava daté escutar o coração dela bater. Tum tum tum. Parecia de ir sair pela boca. E aqueles olhão dela naquela hora pareciam de ser os olhos do demo. Sim, senhor. De maneira que eu botei minha boca no peito dela e comecei a chupar. E chupei e chupei, e acabei rasgando o vestido dela. Já era um vestido velho, mesmo, não ia de fazer falta. Aí, eu olhava praqueles olhão dela e parecia de ser o demo me chamando, "Vem vem vem". E eu fui. Entrei dentro dela todinho. E ela olhava pra mim com uma cara sem expressão nenhuma, de que eu fiquei até encafifado, sem saber dela tá' gostando ou de não tá'. De maneira que eu explodi dentro dela. Dentro da minha filha. E dentro da minha mãe. E dentro da minha mulher. Quando eu acabei, o prato de comida tava no chão, todo espatifado. E era comida pelo chão todo. E na mesa tinha sangue e vinho. E a minha cabeça parecia de ir explodir, de maneira que eu peguei o garrafão e levei pro quarto. Mas, antes, eu inda olhei praqueles olhão do cão dela e falei, "Limpa". É. Inda falei, "Limpa".

Como quem fala pra alguém de que sujou. E ela limpou. E, rapaz, eu vou te falar uma coisa pra você, eu inda pensei de que ela tinha de ser minha filha mesmo, de aguentar o meu pau desse jeito de que ela aguentou. Nem gemeu. Verdadeiramente, já vi mulher feita pedir arrego. Então? Na noite seguinte, ela troxe meu prato de comida, tudo igual a todo dia. Eu não encostei a mão nela. E nem ela me olhou. Aí, quando ela tava saindo... Que ela não comia junto comigo, não. Não, senhor. Eu comia só. Ela comia depois. Aí, quando ela tava saindo, eu falei, "Faz o seu prato e come". Aí, ela fez e eu falei, "Senta". E ela sentou. E eu comi e ela comeu. Aí, ela levantou e, quando tava tirando os pratos de lavar, eu falei, "Deixa". Aí, eu levantei e comecei a ir pro meu quarto, e falei, "Vem", e ela começou a se tremer toda de novo. E ficou ali, parada. De maneira que eu tive de repetir, "Vem". Aí, ela começou a andar devagarinho e eu parei dela passar e ela passou aí ela entrou no meu quarto aí eu entrei e fechei a porta e falei, "Tira a roupa". Ela tava de costa pra mim, de maneira que quando ela tirou a roupa eu vi aquelas costas dela quase que da cor de café com leite e só empurrei ela pra cama e montei ela daquele jeito mesmo, ela de costa. De maneira que ela virou minha mulher. É. E aí não cabe julgamento. Não, senhor. Porque ela aceitou tudo. Tinha vez até dela gozar, que eu senti muita vez as unhas dela entrando na minha carne e a carne da boceta dela mordendo o meu pau. Sim, senhor.

Se ela não gostasse, ela não era de fazer isso, era? Por isso de que eu falei de não caber julgamento. Eu aprendi de que o ser humano homem e mulher é livre de fazer o que quiser, desde que um pense igual a igualdade do outro. Cê tá me entendendo? Então? E sabe? Acho de que foi o tempo de que eu dei mais carinho pra ela. Sim, senhor. Verdadeiramente. E chega a ser até engraçado, de que, apesar dela ser mais puxada pro escuro do que pro claro, por causa do meu sangue, verdadeiramente, parecia dela ser filha só da Fatinha e não minha. É. Porque eu, eu vou te falar uma coisa pra você... eu, nunquinha, nem uma vezinha só, peguei ela no colo quando ela era criança. Não, senhor. Ela aprendeu a engatinhar, aprendeu a andar, e nada deu acompanhar isso tudo. Não, senhor. Eu tava era no bar. A Fatinha era quem acordava de madrugada de ver se tava tudo bem com ela, porque ela não chorava, né? Não. Nunca chorou. Acho de que também não aprendeu a chorar. Nem de falar nem de chorar. Quer dizer, fora aquele dia de que ela virou mulher. Tinha vez deu sentir até remorso, quando ela era mais pequena, porque tinha vez dela olhar pra mim assim com uma carinha de quem tá pedindo alguma coisa, e eu até desviava a vista pro outro lado, de não ver esses olhão dela me pedindo alguma coisa. Desde pequena, já tinha esses olhão do demo. E a Fatinha, coitada... Uma santa, cuidando dela. Tinha vez daté parecer de ser duas mudas. É. Diacho de cisco...

Então? De maneira que, se você analisar bem, foi justamente depois desse acontecido de que eu passei a tratar ela melhor. Quem visse ia pensar deu ser um animal, mas, verdadeiramente, eu vou te falar uma coisa pra você, acho de que animal eu era antes, não depois. Não, senhor. Depois, eu virei pai e marido, tudo num só. É. Pai e marido. Tudo num só...

Epa! Que é isso? Acabou a energia? Merda! Se tem uma coisa de que eu não gosto é de escuro. Cadê a porra da vela? Ai, meu Jesusinho, que se tem uma coisa de que eu não gosto é de escuro. Aaaai! Nem de relâmpago. Vixe, que desabou um toró lá fora! Ai ai ai, que breu! Não tô nem conseguindo de ver você... Ué? Onde é que você tá? E esse frio de que não passa! Agora, vai é piorar, com essa chuvarada toda. E isso é hora de dá' vontade de mijar? Ai ai ai, de que eu vou ter de ir lá no escuro e com a Cidinha morta inda por cima? E cadê você, que a cadeira tá vazia? Tá de brincadeira comigo? Em? Cadê você? Tá de brincadeira comigo, rapaz? Olha, eu vou lá e já volto, viu? De que eu tô que não me aguento, mas, quando eu voltar, é bom de você aparecer, viu? É bom de você aparecer...

Olha, você não vai acreditar no que eu vi agora. Eu não sei onde é de que você tá, mas eu vou continuar a nossa conversa como se você tivesse aí ainda.

Possa ser de que seja tudo um sonho, de maneira que eu vou continuar falando. É. Possa ser de que seja tudo um sonho. Porque você sabe de que no sonho as coisa não tem lá muito siguinificado, que nem tá acontecendo aqui hoje. Quer dizer, amanhã, de que hoje já virou ontem, quer dizer, já virou amanhã... Sei lá! De maneira que eu, de que não gosto de escuro, já tô até acostumando. Que nem um sonho, mesmo. Tá até me dando uma coisa assim na cabeça, de que eu não sei explicar. É tipo assim, parece com dor de cabeça, mas não sendo. Sabe como é? É um negócio rúim, uma sensação de sentir dor sem sentir. Arre! Deixa pra lá, de que já deve tá dando a hora deu acordar mesmo. Então? Olha só, eu fui lá no banheiro, tateando, tateando, mijei, dei a descarga, lembrei daté abaixar a tampa quando eu acabei, aí eu pisei nalguma coisa. Nessa mesma hora, caiu um raio, e, quando eu olho pro chão, não é de que eu tava pisando era num neném? É. Num neném. E eu vou te falar uma coisa pra você, de que eu me arrepiei todo, mas inda tive a coragem de me ajoelhar no chão e pegar aquela coisinha morta, toda desconjuntada devido à morte. E aí foi de que eu vi de que era homem. É. E branco. A Cidinha tirou. Tirou o meu filho. O meu filho branco. É. O meu filhinho. Branco. E você sabe de que passou até o medo do escuro? Agora, deu foi um vazio aqui no peito, sabe como é? Uma sensação assim de leseira, como se eu não tivesse vivo. Quer dizer, eu nunca morri, mas eu imagino de que deve de ser assim, o morto deve de sentir isso de que eu tô sentindo. Esse nada do tamanho do mundo. Olha só, eu vou te falar uma coisa pra você. Verdadeiramente, depois desse ocorrido entre eu e a Cidinha, eu até comecei a imaginar deu ser o único certo no mundo. Tipo assim, de todo mundo ter enlouquecido e só ter sobrado eu de bom no mundo. Porque, veja bem, isso de que aconteceu entre eu e a Cidinha, eu acho de ser normal. Acho, sim. Quer dizer, acho não, tenho certeza. O ser humano só existe dois tipos, o homem e a mulher. Essa coisa de família, pai mãe irmão irmã tio tia avô avó primo prima cunhado cunhada enteado enteada sogro sogra genro nora, enfim, toda essa categoria de parentesco é tudo uma mentira. Só existe o ser humano homem e a mulher. Só. Se você pesquisar bem, até na Bíblia você encontra isso de que eu tô falando. Até Jesus negou a mãe e caiu no mundo. De maneira que, se até Jesus fez isso, quem é de que vai dizer deu tá' errado? Em? Outra coisa. De Bíblia, eu entendo, e na Bíblia diz de que o primeiro homem foi Adão e a primeira mulher foi Eva. Tô certo ou tô errado? Tô certo. E quem há de dizer de que eu não tô? Então? Veja bem a minha comparação, se só tinha Adão e Eva, depois nasceu os filhos deles, a humanidade de que veio depois foi tudo de parente com parente. Na Bíblia não explica, porque senão o povo ia de querer fazer igual, mas eu tenho cá comigo de que mãe deve de ter dormido com filho, irmão com irmã, tio com sobrinha... Enfim, uma desgrameira só. Só não tá explicado é de como foi de que apareceu os preto. De maneira que eu acho daté de ser os preto filho do demo... Quer dizer, se isso for verdade, aí, os filho do demo se misturaram com os filhos de Deus e virou essa bagunça toda de que tá aí hoje. É. Essa Babel. De maneira que o homem tem Deus e o diabo dentro dele. Possa ser. Sabe o que eu acho? Eu acho de que as pessoas são muito é falsas. Gostam de esconder a verdade. Por isso é de que usam roupa. Porque até dentro da roupa o cidadão se esconde. Imagina se não tivesse roupa. Aí, o rico e o pobre não teria, porque pelado todo mundo é igual. Quer dizer, igual igual 100% eu não vou dizer de que seja, senão aí eu vou tá' mentindo, porque, se até os dedo da mão são diferente, como é que vai ter duas pessoas igual? Mas você tá entendendo do que eu tô querendo dizer, não tá? Eu tô falando igual no sentido de todo mundo ter dois ouvidos dois olhos uma boca um nariz dois braços... Quer dizer, fora os aleijados, o resto, todo mundo tem. De maneira que eu acho do mundo ter enlouquecido. Por isso de que de repente deu esse vazio aqui em mim. Foi tipo assim um vazio de descoberta. Como se eu já subesse de todas as coisas do mundo a ponto de ficar vazio. Oco. É. Oco. Aí, eu já acho de que o gênio, a pessoa muito inteligente, no fim no fim fica assim meio desse jeito de que eu tô. Meio vazio. Porque, quando tem muita coisa dentro da cabeça, chega a ser até igual quando não tem nada. Que nem criança. Como se fosse eu de tá' nascendo. Vi lá dentro meu filho morto, bem miudinho, chega nem parecia de ser gente direito, minha filha, de que na realidade era minha mulher... e minha mãe... e não senti nada. Acho de que foi por isso de você ter sumido. Porque eu não tô mais precisando nem de você pra contar essa história. E chega a ser até engraçado, porque justamente agora de que você sumiu, deu ter lembrado donde é deu ter visto você antes. Você é a cara da Raimunda, aquela vagabunda de que me descabaçou. Escarrado. Só de que você é homem. Parece até de ser gêmeos. E chega a ser até engraçado, porque eu pensei esse pensamento agora, de que parece de que você tá aqui agora, assim desse jeito, igualzinho dela, só preu lembrar da minha vida todinha. E sem lembrar de que você se parecia com ela. Tá me entendendo? Quer dizer, entender entendendo você não deve de tá', porque você não tá mais aí, mas de que eu tenho razão, já isso eu tenho. E sabe de que é uma sensação boa essa de não tá' sentindo nada? É. Chega a parecer da gente ser Deus. Sem felicidade sem tristeza sem dor sem alegria. Só esse vaziozão do tamanho do mundo fazendo um buraco dentro da barriga da gente. Nunca vi disso ter acontecido com ninguém antes de mim. Não, senhor. Uma sensação de que não é boa nem rúim. Não é nem sensação, porque se for sensação aí já é alguma coisa, e isso não é nada. Olha só, tá escutando a tal da música?

A do cantor alemão? Lá longe... Não tá? Eu tô. A mesma música de que eu ouvia na casa da Délia. Lá lonjão. Por trás do barulho da chuva. E, verdadeiramente, eu não sei nem de se eu tô ouvindo com os ouvidos ou só com a lembrança. Bonito. Mas agora foi de que eu pensei de parecer música de tocar pra gente quando morre. É. Parece um filme. É como se abrisse um clarão no céu e um monte de anjinhos aparecesse, descendo nos raios de sol que nem se fosse escorregador, tudo peladinho, de que anjo não tem maldade. Pessoa de que não tem maldade não precisa de roupa. De maneira que eu acho até de que eu vou tirar a minha também. É. Agora, eu não preciso mais disso, não. Sou um anjinho também. Por isso de aparecer esses anjinho tudo aí, tudo peladinho. Como se fosse um filme. Agora, não tem mais noite não tem mais escuro não tem mais chuva não tem mais Cidinha não tem mais casa não tem mais nada. Só eu e os anjinhos. E essa música. Tam tam tam tam. Tam tam tam tam. É. Que nem num filme. E chega a ser até engraçado, de que parece deu tá' vendo você de novo lá em cimão, no final dessa trilha de raios, como se você fosse Deus. Não é engraçado? É como se, verdadeiramente, eu tivesse adiquirido toda a sabedoria do mundo, a ponto deu nem morrer mais. É como se, tipo assim, eu não tivesse mais pecado e, de tão vazio, eu começasse a voar. Não, voar não. Flutuar. Que voar inda precisa dalgum esforço, mas flutuar não precisa de nada. Não, senhor. Só abrir os braços e deixar o nada engolir você no caminho do céu. É. Se o céu existe mesmo, deve de ser assim, esse não sentir nada, sem mais a maldade das pessoas, só essa música tocando sem cantor, tam tam tam tam, tam tam tam tam, e a gente flutuando, sem sentir nada. Nem dor nem alegria nem culpa. Nada

Este livro foi impresso em Palatino no papel pólen soft 80
pela Lis Gráfica para a Editora Reformatório em novembro de 2014.